Welcome to
My Sweet Vintage Home

빈티지 홈 살아가기

글·그림 이승현

빈티지 홈스타일링,
그 취향의 시작

나는 도쿄에서 십수 년간 거주하며, 상업 공간 디자이너로 일했다. 매일같이 도면을 그려댔고, 시공업자들과 실랑이를 이어가는 일에 익숙해 있었다. 퇴근하고도 일정이 비면 지친 몸을 이끌고 새로운 공간을 찾아다녔다. 휴일에는 집에 머무는 것보다 친구들과 어딘가로 나가는 쪽을 선택하는 사람이었다. 집에서 편히 쉬고 싶을 때조차도 그곳이 완전한 안식처가 되어주지는 못했다. 타국에서 외국인으로 살아가면 집에 대한 환상은 가지기 어렵다. 집 계약이 끝날 때가 다가오면 갱신을 하거나 이사를 하거나 하는 양자택일의 선택지만 있었으니까.

3년 전 결혼을 결심하고 한국으로 귀국했을 때, 비로소 집에 대해 깊이 고민하는 시간이 찾아왔다. 상업 공간으로 가득했던 머릿속이 서른 중반에 이르러서야 비로소 '나의 집'을 떠올리게 된 것이 어쩐지 늦은 것은 아닐까 불안하기도 했다. 하지만 이내 시기는 상관없다고 마음을 고쳐먹었다. 젊은 세대들이 집 사는 것을 포기한 최초의 시대라고 불릴 정도로 내 집 마련이 어려운 요즘. 많은 사람들이 이사를 하며 유목민의 생활을 당연하게 느끼기도 하지만, 그럼에도 모두에게 집이라는 공간이 갖는 의미는 특별하다. 나 또한 그러했고.

나도 몇 년 전까지만 해도 새것을 좋아했다. 어쩌다 리사이클 숍을 가게 된다면, 사러 가기 보다는 팔러 가는 쪽이었다. 누군가 사용했던 물건에 대해 왠지 모를 거부감이 있었다. 하지만 공간 디자인을 하면서 빈티지나 앤티크 제품을 일부러 찾아 연출하는 일이 잦아졌다. 그러면서 알게 되었다. 새것은 결코 흉내 낼 수 없는 빈티지만의 매력이 있다는 것을. 기계적으로 찍어내는 새로운 공산품들 속에서 단 하나의 존재라는 것도 매력적으로 다가왔다. 돈으로 살 수 없는 빈티지의

시간은 그 자체로 역사가 되고 유산이 된다. 그렇게 판
도라의 상자를 열어버렸다.

'빈티지 홈'이라는 단어에 대해 말해보려고 한다. '빈
티지'는 100년이 안된 오래된 것을, '앤티크'는 100년
이 넘은 오래된 것이라고 단순하게 말하기도 한다. 하
지만, 나는 이 단어들을 단순히 '오래된 것'이라는 개
념으로만 한정하고 싶지 않다. 그 안에는 '가치'가 내
포되어 있다. 내가 말하는 빈티지 홈이란 '오랜 시간
을 거쳐 예술적 가치를 지닌 모든 집'이다. 단순히 겉
모습만 낡은 것이 아니라, 내부에도 그 시대의 감성과
문화가 고스란히 담겨 있는 집. 파리의 낡은 아파트
도, 버몬트의 타샤 튜더의 집도, 전통 한옥도, 90년대
에 지어진 구옥 주택도 모두 저마다의 빈티지 홈이라
부를 수 있다.

거주지는 정말로 중요하다. 인생에 한 번쯤은 낡은 집
에서 살아보라고 가볍게 말할 일이 아니다. 하지만 이
책을 펼친 당신이라면, 어느 정도 빈티지 라이프에 관

심이 있는 사람이 아닐까? 이 책에는 하루하루 쌓아온 나의 빈티지 취향이 고스란히 담겨 있다. 비록 빈티지 홈에 살지 않더라도, 이 글을 통해 빈티지 라이프의 매력을 함께 즐길 수 있길 바란다. 나의 이야기가 작은 오솔길이 되어, 언젠가 당신만의 빈티지 가이드를 찾는 길잡이가 되길 바라며.

Contents

Prologue

Chapter 1. 찾기

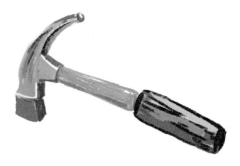

Chapter 2. 고치기

Chapter 3. 가꾸기

Chapter 4. 돌보기

Epilogue

Chapter 1.
찾기

오랜 문화가 있는 동네에서 살고 싶다

십 년이 넘게 오랜 타지 생활을 하다 가끔 한국을 방문할 때면 점점 '한국적인 것'에 매료된다. 강남이나 여의도는 내가 살고 있던 도쿄와 다름을 크게 느낄 수 없는 모던한 도시의 모습이라 지루하기만 했다. 오히려 오래된 역사와 문화가 있는 종로 일대나 이태원, 익선동 같은 곳이 좋았다. 언젠가 한국에 살게 되면 이런 사람 냄새나는 동네에서 살아보고 싶다고 다짐했다.

"여긴 왜 이렇게 점집이 많아?"

수원 토박이인 남편이 처음 나를 행궁동에 데려간 건 어느 추운 겨울이었다. 같이 길을 거니는데 신점, 사주, 꽃도령, 애기보살, 처녀보살 같은 스산한 간판이 깃발과 함께 걸려있는 게 눈에 들어왔다.

"여기 원래 점집 골목이라고 불릴 정도였는데 지금은 많이 사라진 거야."

한국의 겨울이 만만치 않다는 것은 알고 있었지만, 이 날은 구름 낀 흐린 날이라 그런지 유난히 뼛속까지 파고드는 추위였다. 따뜻한 쇼핑몰로 피하고 싶은 마음도 들었지만, 그조차 귀찮아져서 그냥 손을 잡고 좁은 골목길을 샅샅이 누비며 산책했다. 달고나도 사 먹고, 네 컷 사진도 찍어보니 조금씩 재밌어지기 시작했다.

바퀴 달린 카트를 끌고 가는 할머니들의 모습도 정겨
웠다. 조금씩 걷다 보니 저 멀리 성곽길이 보인다. 가
까이 가니 수원의 사대문도 보인다. 을씨년스러운 분
위기라 느꼈던 동네가 새롭게 보인다.

성곽길 근처 장안문이 보이는 카페에 들어갔다. 정지
영 카페. 구옥을 개조한 이곳은 행궁동의 터줏대감 같
은 카페라고 한다. 카페 안으로 들어가니 갑자기 따뜻
해진 공기에 적응하려는 듯 몸이 부르르 떨렸다. 너무
추워서였는지 시간이 애매해서였는지는 기억이 잘 나
지 않지만 손님은 우리밖에 없었다. 조용히 창가에 앉
아 따뜻한 커피를 마시며 내내 수다를 떨었다. 창밖 겨
울 풍경이 아름답다. 아마 그때 나는 이 동네를 좋아
하게 된 것 같다.

두 번째 방문은 따뜻한 봄이었다. 행궁동은 역시 봄, 가을에 와야 하는 곳이다. 바깥을 걸어야만 하는 동네라 계절의 온도를 그대로 품는 이곳은 여름에는 너무 지치고 겨울에는 너무 혹독하다. 모처럼 살랑거리는 날씨에 기분이 들떴다. 정처 없이 걷다 팔달산으로 올라가 행궁동 고유의 토착적인 풍경에 시선을 던져보았다. 그래. 나는 확실히 이 동네가 좋다.

'역사와 문화가 있는 동네', 그리고 '개조할 수 있는 구옥 주택'이라는 내가 원하던 조건을 모두 다 갖춘 곳은 수원 행궁동에 있었다. 사실 조건에 맞아서 결정했다기보다는 같은 조건의 다른 곳이 있었더라도 나는 이곳을 택했을 것 같다. 공간 디자이너로서 행궁동은 동네 자체로부터 여러 영감을 받을 수 있는 곳이다. 행궁동에는 과거와 현재가 공존하는 놀라울 공간들이 곳곳에 많다. 오래된 것을 간직하고 있지만 감각은 그어느 곳보다 젊다. 레트로 한 동네를 좋아한다면 거주하지 않더라도 빈티지한 매력이 있는 행궁동의 매력을 느낄 수 있을 것이다.

행궁동으
느리게 흐르
그 방향만큼

시간은

는 듯하지만

은 정확하다

고양이와 산책로

집은 공간에서 끝나지 않는다. 문을 열고 길을 따라 동네로 이어진다. 그래서 집을 고를 때, 가까운 곳에 녹지가 있기를 바랐다. 매일 걸을 수 있는 산책로, 사계절의 변화를 몸으로 느낄 수 있는 길. 행궁동에 자리 잡은 것도 그 때문이었다.

수원 화성(華城)은 행궁(行宮)뿐만 아니라 성곽 전체가 세계유산으로 지정된 곳이다. 영어로는 Hwaseong Fortress. 그 이름처럼 산책하기 좋은 5.74km 길이의 성곽이 고스란히 남아 있다. 사대문을 지나고, 언덕을 오르고, 성벽을 따라 사계절을 만난다. 이보다 사치스러운 산책로가 또 있을까.

그리고 이 길 위에서 작은 존재들을 만난다. 산책을 나설 때면 호주머니에 작은 사료 통을 챙긴다. 달그락달그락. 한 번 흔들어보면 어딘가에서 고양이들이 귀를 쫑긋 세운다. 꼬리를 높이 세우고 뒤따라오는 녀석도 있고, 무심한 척하다가도 한두 걸음 다가오는 녀석도 있다. 행궁동은 고양이 친화적인 동네였다. 사람을 경계하면서도 어딘가 여유로워 보이는 길고양이들. 그런 분위기가 좋았다.

언덕길에서는 사람 발소리만 나도 어디선가 불쑥 나타나는 녀석이 있다. 가까이 가면 흠칫 놀라면서도, 사료를 꺼내 들면 조심스레 다가와 고개를 젖히고 주시한다. 그 작은 얼굴에 담긴 신중함이 참 귀엽다. 어떤 녀석들은 쓰다듬는 것을 허락하기도 하지만, 이상하게도 털은 늘 기름져 보인다. 길 위에서 살아가는 동안, 언제든

도망칠 수 있도록 몸을 보호하는 나름의 방식일까. 몇
번이나 손등에 피를 본 적도 있다. 하지만 나보다 먼저
토라지는 건 늘 녀석들이었다. 고양이
들은 그렇게 계산할 수 없는 감정의 존
재다. 고양이를 좋아했지만, 함
께 살아본 적은 없어서인지 녀
석들의 습성이 늘 새롭다.

길고양이들을 돌봐주는 사람들이 많은 동네는 생활에
여유가 있어 보였다. 그런 마을에서 살고 싶었다. 작
은 존재들과 함께 살아가며 나도 그 여유를 닮아갈 수
있을 것 같았다.

가을을 좋아한다. 하늘은 높고 쾌청하고, 바람은 선선하다. 갈색 낙엽이 바스락거리는 소리, 바람에 휘날리며 여기저기 흩어지는 단풍잎들, 노랗게 물든 은행잎까지. 내가 좋아하는 차분한 색들이 거리 곳곳에 펼쳐진다. 공원에서는 연을 날리는 사람들과 카메라를 들고 단풍을 담는 사람들이 보인다. 평화롭다. 마치 이 순간이 영원할 것처럼. 고양이들도, 나도, 그렇게 산책로를 함께 걷는다. 수원 화성 성곽길은 여전히 질리지 않는 멋진 산책길이다.

한옥의 꿈과 현실

인생의 한 번쯤은 한옥에서 살아보고 싶다는 꿈을 꾼
다. 빈티지 홈의 형태는 다양하지만, 한국에서 '전통
한옥'은 특별한 의미를 지닌다. 나무기둥과 처마, 온
돌과 마루, 그리고 마당을 품은 집. 이 모든 것들이 자
연과 유기적으로 이어져, 시간을 넘어선 한국 고유의
공간처럼 느껴진다. 이 모든 요소가 자연과 유기적으
로 연결되며, 시간을 넘어선 한국 고유의 공간처럼 느
껴진다. 비 오는 날, 처마 밑 툇마루에 앉아 중정을 바
라보는 모습을 상상해본다. 그 풍경이 너무도 선명하
게 떠올라, 결국 한옥에서 하룻밤을 보내기로 했다.

종로에 있는 한옥을 예약했다. 익선동에서 인사동까
지, 어디든 가기 좋은 장소다. 사우나처럼 찌는 듯한
공기 속에서 얼마쯤 걸었을까. 큰길에서 좁은 골목으

로, 다시 또 좁은 골목으로. 점점 길을 좁혀 들어가니, 도심 속에 숨겨둔 듯한 작은 한옥이 모습을 드러냈다. 문고리를 잡아당기자 전통의 감촉이 손끝에 전해졌다. 한옥에 발을 들이는 순간, 비로소 그곳에 왔다는 사실이 온몸으로 느껴졌다.

높은 문턱을 넘으면, 그 안에는 중문이 있다. 한옥은 중문을 지나 내부로 들어서면 작은 중정이 펼쳐진다. 도심 한복판에 이런 고즈넉한 공간이 존재한다는 사실에 다시 한번 감탄했다.

방문을 열자, 아담한 온돌방이 모습을 드러냈다. 이불을 깔면 방 안이 거의 다 채워질 정도로 작은 공간이지만, 전용 욕실이 있어 불편함은 없었다. 문지방을 넘어 짐을 풀고, 툇마루에 앉아 중정을 바라보았다. 본채 건물을 마주 보며, 그 너머로 독립된 작은 별채가 눈에 들어왔다. 이곳은 공용 주방. 그 옆에는 또 다른 별채가 있었고, 그곳은 관리인의 방이었다. 한옥은 이렇듯 각각의 건물이 독립적이면서도 자연스럽게 연결되는 공간이다. 건물과 자연, 그리고 사람이 한데 이어지는 구조.

어둠이 내려앉은 밤, 마당 위의 달을 바라보며 남편과 도란도란 이야기를 나누었다. 한옥집이라 어쩔 수 없는 방음문제도 오히려 다들 소곤거리며 조용히 지내는 분위기가 형성되어서 그런지, 서울의 밤도 고요히 보낼 수 있었다. 포근한 아침 볕에 잠이 깨니, 한국적 미감뿐만 아니라 한국적 낭만을 하룻밤 체험한 것 같았다.

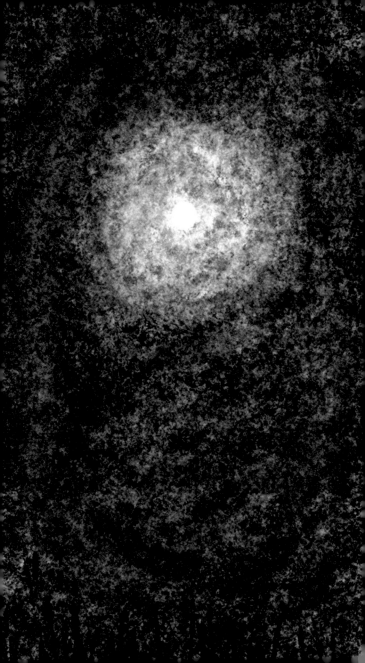

한옥에서의 하룻밤을 경험하고 나니, 오히려 갈증이 커졌다. 머무는 것만으로는 부족했다. 그래서 4주간 한옥 수업을 들어보았다. 선생님께 이런저런 질문을 했고, 놀랍게도 그의 입에서 나온 대답은 뜻밖이었다.

"한옥 짓지 마세요"

비용적인 문제부터 실용성의 한계까지 현실적인 난관이 많다는 것이었다. 낭만적인 한옥 호텔에서의 하룻밤과는 다르게, 주거 공간으로서의 한옥은 또 다른 문제였다.

그러던 중, 전영애 교수의 '여백서원'을 알게되었다. 3,200평 드넓은 대지에 자리한 으리으리한 한옥. 하지만 안을 들여다보면 소박하기 그지 없는 한 사람의 삶이 보인다. 전영애 교수는 개집만큼 작은 방 한 칸에서 지내며, 이 넓은 공간을 책과 손님을 위해 기꺼이 내어준다. 그리고 스스로를 '7인분 노비'라 부르며, 쉴 새 없이 일한다. 곳곳에 손길이 닿아야 하고, 계절마다 돌봐야 할 일들이 산더미처럼 쌓인다. 가지치기, 풀 정리, 정자와 연못 가꾸기, 손님 맞이까지. 그 모든 일을 감당하며, 삶 자체가 공간과 하나가 된 듯 살아 간다. 그렇게까지 헌신할 자신이 있는가, 스스로에게 물어보니 선뜻 대답할 수 없었다.

한옥에 대한 동경은 오래전부터 있었다. 사계절의 변 화를 품은 마당, 햇살과 바람이 고스란히 스며드는 창, 나무 기둥과 서까래가 만들어내는 선의 아름다움, 그리고 그 안에서 책을 읽고 글을 쓰는 삶. 하지만 한 옥은 그저 머무는 공간이 아니라, 끊임없는 보살핌을 필요로 하는 존재였다.

여백서원에서 살아가는 전영애 교수의 이야기를 들으 며, 내가 꿈꾸던 한옥의 삶이 얼마나 단편적이고 얄팍 했는지 깨닫게 되었다. 그녀는 '한옥에서 산다'는 것 이 무엇인지 몸소 보여주었다. 그리고 나는 아직, 그 런 삶을 감당할 준비가 되어 있지 않았다. 그렇게, 마 음속 한옥의 꿈을 조용히 내려놓게 되었다.

시간이 쌓인 구옥의 매력

초등학교 시절, 아파트에 살던 나는 마당이 있는 양옥집에 사는 친구와 함께 등교하곤 했다. 붉은 벽돌로 지어진 널찍한 집, 작은 밭이 있는 마당. 그곳을 갈 때마다 주택에서 살아보고 싶다는 로망이 스며들었다.

유럽 여행을 가서 호텔이나 에어비앤비에 묵을 때도 그랬다. 파리의 100년 된 아파트에 지내보면서, 시대적 건축 양식을 보존하고 지켜나가려는 태도에 탄복했다. 그들의 역사적 자존감 같은 것을 느꼈던 것 같다. 그곳에선 건물이 노후되면, 그것을 보수하려고 하지 함부로 부수거나 재건하려고는 하지 않는다. 역사와 문화에 대한 존중, 시간의 흔적을 소중하게 여긴다는 점이 무엇보다 우아하게 느껴졌다.

일본에서 살던 월세집들은 집을 나갈 때 원상복구를 하는 시스템을 원칙으로 하고 있기 때문에 한계가 분명히 있었다. 그래서 한국에 와서는 직접 리노베이션을 하고 싶었다. 백지에서 시작하는 것보다 무언가 가지고 있는 고유의 물성을 바꾸는 것이 더 개성 있고, 독특한 공간을 연출할 수 있을 것 같았다. 0부터 계속해서 플러스를 해나가는 것보다 더하고, 빼고, 곱하고, 나누어 나가는 게 더 특별해질 수 있을 거라 생각했다.

그렇게 평범한 아파트가 아닌 오래된 구옥을 찾아 개조해서 살아보기로 마음먹었다. 그러니까 어쩌다 보니 살게 되었다기보다 처음부터 구옥 주택만 집중적으로 찾아다닌 것이다. 쉽지 않을 거라 예상은 했지만 난관은 무려 부동산에서부터 시작했다. 오래된 구옥을 찾는다고 하면 다들 이해를 하지 못했다. 돈이 없는 거라면 구옥보다는 신축빌라를 하라고 권해주기 때문이다. 나중에는 부동산 업자분들을 설득해야 하는 지경까지 이르렀다. 예정에 없었던 신축 빌라도 실

컷 봤지만 도저히 내 마음을 돌이킬만한 집을 발견할
수는 없었다. 남들의 오지랖과 눈치 때문에 꿈꿔왔던
빈티지 홈을 포기할 수 없다. 지조 있게 구옥 주택만
찾아다녔다.

여러 집을 보러 다니다 마지막 집을 발견했을 때, 이 집만이 품고 있는 시간을 느낄 수 있었다. 2층으로 가는 계단은 가파르지만, 초록의 마당이 있다. 노후화되었지만, 콘크리트 벽은 튼튼하다. 1993년에 지어진 이 집은, 오랜 세월 자리를 지켜온 만큼 내가 더 돌봐주고 싶었다. 그렇게 나는 직접 고쳐쓸 수 있는 구옥 주택을 만났다.

다섯평,
나만의 오두막을 만들다

버지니아 울프는 영국 로드멜에 있는 집을 구입한 뒤,
'몽크스 하우스'라는 이름을 붙이고, 죽을 때까지 그
곳에서 살았다. 그녀는 정원 한쪽의 작은 오두막에서
집필에 몰두했다. 책상 하나만 덩그러니 놓인 그곳은
온전히 그녀만의 세계였다. 미국의 삽화가 타샤 튜더
또한 마찬가지였다. 버몬트의 대지 위에 가족과 함께
집을 짓고, 자연과 어우러져 살았다. 개, 고양이, 새,
뱀까지 다양한 생명과 교감하며 그녀만의 소박한 정
원을 가꾸었다. 그리고 그곳에서 누구보다 따뜻한 그
림을 그렸다.

나 역시 그런 공간을 원했다. 울프의 오두막처럼, 타
샤의 다락방처럼, 오롯이 나만의 세계로 들어갈 수 있
는 곳을.

집에서 멀지 않은 곳에 작은 공간을 계약했다. 다섯 평 남짓한 이곳은 50년 된 낡은 원룸. 벽지는 너덜너덜했고, 바닥에는 세월의 흔적이 남아 있었다. 하지만 그런 점이 오히려 마음에 들었다. 오래된 것들이 주는 깊이, 살아온 흔적을 고스란히 간직한 리얼 빈티지 공간이라는 점이. 나는 이곳을 나만의 방식으로 천천히 손보며, 완성해나가기로 했다.

행궁동은 신기한 곳이다. 재개발이 막힌 곳이라 그런지 도심 한가운데 있지만 시골의 정치도 가지고 있다. 그래서 나는 이곳에서 아늑한 시골집을 떠올렸다. 울프의 오두막을 떠올리며, 타샤의 다락방을 상상하며.

바닥부터 천장, 벽까지 모두 철거하고 새로 입혔다.
한겨울에 계약하는 바람에 몸은 성하지 않았지만 ,
공간을 가꾸는 시간은 즐거웠다. 빠르게 완성할 생각
은 없었기에 천천히, 나만의 속도로 작업을 이어갔다.

나는 이제 두 개의 빈티지 공간을 가지고 있다. 하나
는 집, 또 하나는 이 작은 코티지 하우스. 누군가는 빈
티지 공간을 특정한 형태로 떠올리지만, 빈티지의 모
습은 결코 단 하나가 아니다. 어떤 이에게는 나무가
가득한 다락방일 수도, 돌담이 있는 시골집일 수도 있
다. 혹은 오래된 원룸 속 작은 조명이 켜진 테이블일
수도. 빈티지는 단순히 낡은 것들을 채우는 것이 아니
라, 시간의 결을 느끼고 쌓아가는 일이다.

그리고 나는 지금, 이곳에서 나만의 방식으로 빈티지
를 채워가고 있다.

샤인방으로 들어가는
비밀의 문

하나둘씩 모은
빈티지 소품

아늑한 베이지 컬러의
스웨이드 커튼

안티크 진열장

엄마의 축음기

뉴욕에서 데려온
빈티지 거울과 액자

주방에는 갓 씌운 벽등과
에디슨램프로 포인트!

천장에는 엘레강스한
월에코를 붙였다

티지 공간 찾기

YES
NO
집 내부 인테리어 뿐만 아니라 내가 사는 건물 전체를 가꾸고 싶다
YES
마당 있는 집에서 살아보고 싶다
YES
NO
우리의 전통가옥이 좋다
NO
YES
NO
뷰가 좋은 고층보다 계단없는 단층이 좋다
NO
나는 한옥에서도 살 수 있다
NO
YES
영화 속 레트로한 구옥주택에 대한 로망이 있다
구옥주택
한옥

Chapter 2.
고치기

인테리어를 시작할 때
먼저 해야할 일

"TV는 무조건 있어야 한다고."

"내가 도쿄 살 때는 TV 안 보고도 잘 지냈잖아."

"내가 일본어를 못 하니까 그렇지. 그리고 방송국 일 하는 사람 집에 TV 없는 게 말이 돼?"

이사할 신혼집은 세 개의 방이 있었고 남편과 공간을 어떻게 구성할지 이야기를 시작하자마자 의견이 나뉘었다. 30년 넘게 다른 곳에서 살았으니 당연할 수도 있다.

나는 TV를 보지 않는다. 보지도 않는 TV에서 흘러나오는 백색소음도 싫어한다. 남편은 TV의 백색소음이 좋단다. 스포츠 중계도 봐야 한단다. 방송국 MD로 일하기 때문에 본인이 편성한 광고도 봐야 한단다. 일과

연관이 된다고 하다니 결국 TV를 들이기로 했다. 그러고 보니 너무 내 생각만 한 것 같기도 하다.

"그래서 방을 어떻게 쓸 건데?"

세 개의 방을 어떻게 쓰고 배치할지를 결정하기 위해 우리는 서로의 생활패턴과 취향을 나열해 보기로 했다.

< 나의 평일 생활패턴 >

오전에는 차를 마시며 업무를 본다. 여유가 있을 때는 글을 쓰거나 책을 읽거나 때때로 식물을 돌본다. 프리랜서이기 때문에 유연하게 일을 한다. 저녁에 운동을 하고 집에 와서 바로 샤워하고 간단한 요기를 한다. 유튜브나 팟캐스트, OTT, 전자책 등의 콘텐츠를 소비하며 개인적인 시간을 가진다. 가끔 남편과 함께 야구 중계를 보거나 콘솔 게임을 하기도 한다.

〈 남편의 평일 생활패턴 〉

매일 수원에서 서울로 출퇴근한다. 아침에는
출근 준비를 위해 욕실, 옷방만 사용한다.
저녁 퇴근 후에는 보통 운동을 하고 들어와서
바로 샤워를 하고 간단히 저녁을 먹는다.
주로 거실에서 TV를 켜고 야구 중계나 예능,
OTT 영화 등을 본다. 휴대폰 게임이나 콘솔
게임을 하며 여가를 보내기도 한다.

〈 우리의 주말 생활패턴 〉

주말은 거의 함께 보내는데 집에 있는 것보다
외출하는 빈도가 더 많다. 등산이나 골프 같은
운동도 좋아해서 한 달에 한 번은 멀리 나가
운동을 한다. 가끔 영화를 보거나 마트에 가서
장을 보기도 한다.

〈나의 취향과 니즈〉

- 잠을 잘 때만큼은 TV를 켜두지 않았으면
- 책이 많아서 서재도 있었으면 좋겠다
- 요리는 하지 않지만 빈티지 찻잔은 많으니 찻잔들을 진열할 만한 공간이 필요하다
- 화장품이 그리 많지 않고 화장도 잘 하지 않으니 파우더룸은 최소화 해도 괜찮다

〈남편의 취향과 니즈〉

- TV는 있어야 한다! 거실이든 침실이든
- 옷이 제법 많기 때문에 편리하게 이용할 수 있는 옷방이 있었으면 좋겠다
- 소설책이나 만화책, 영화잡지 등 수집하는 책들을 둘 서재가 필요하다

생활패턴과 취향을 합치니 세 개의 방의 용도가 나
왔다.

· 침실

　온전히 휴식을 취할 수 있는 아늑한 공간

· (파우더룸을 겸한) 옷방

　화장부터 코디까지 용모단정을 위한 합리적인 공간

· (작업실과 수납장을 겸한) 서재

　책과 수집품을 두고 독서와 업무를 볼 수 있는 공간

방을 제외한 다른 공간도 용도가 정해졌다.

· 거실

　휴식과 여가를 함께 즐길 수 있는 공용 공간

· 주방

　자주 사용하지 않는 만큼 간소화한 미니멀 공간

· 욕실

　청결함을 유지할 수 있는 깨끗한 공간

이제 조닝을 해야 할 때가 왔다. 조닝(Zoning)이란 인테리어를 시작할 때 공간을 평면으로 본 다음, 용도에 맞게 공간을 나누고 배치하는 걸 말한다. 말 그대로 존(ZONE)을 정한다고 생각하면 쉽게 이해할 수 있다. 거주 구성원에 맞게 방의 용도를 정해서 의도에 맞게 구분하고 배치하는 것이다.집에 머무는 시간, 가장 많이 하는 행동, 가지고 있는 물건의 양 재단 등 거주자의 라이프스타일과 취향에 맞는 조닝은 생활의 편의부터 인테리어의 힌트가 되기도 한다.

그렇게 정해진 공간 배치

욕실에서 가장 가까운 방은 옷방으로 정했다. 서재는 그릇과 찻잔 수납장을 함께 겸하고 있어서 주방 옆에 있는 방에 배치했다. 게다가 공용 여가 공간인 거실과 떨어진 독립적인 위치가 좋을 것 같아서.

침실과 거실은 둘 다 휴식을 취할 수 있는 공간으로 쉽게 오고 갈 수 있는 방으로 배치했다. 집에서 요리를 하거나 음식을 먹는 행위를 자주 하지 않는 우리는 다이닝 공간을 따로 두지 않고 거실의 한쪽에 3단 접이식 앤티크 식탁을 두었다.

서로의 생활 패턴과 취향, 그리고 니즈를 확인하면 우리가 궁극적으로 추구하는 라이프스타일도 알게 된다. 삐걱대긴 했지만 그렇게 우리는 새로운 삶으로의 항해를 조금씩 준비해 가고 있었다.

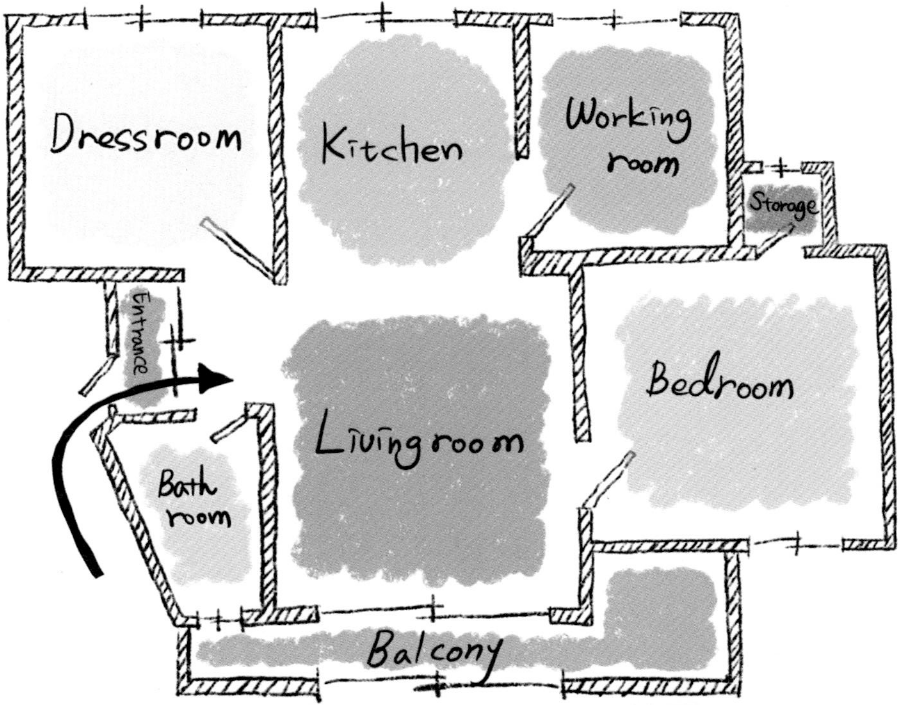
Dressroom
Kitchen
Working
room
Storage
Entrance
Bedroom
Livingroom
Bath
room
Balcony

살고싶은 집
이미지 구체화하기

"어떤 집에서 살고 싶어?"

내 질문에 남편은 그런 건 생각해 본 적 없다는 듯이
골똘히 고민하다 이내 대답했다.

"너한테 다 맡길게. 나는 그냥 다 팔로우할게"

반가운 대답이 돌아왔다.

취향이 분명한 사람이라면 며칠을 고민해 볼 수도 있
는 질문이겠지만 남편은 나의 센스를 믿는다며 터치
하지 않기로 약속했다. 그러자 이제 나의 고민이 깊어
졌다. 나는 어떤 집에서 살고 싶지? 사실 집이 정해졌
을 당시부터 어느 정도 이미지가 있었다. 근데 막상 인

테리어를 구상해야 하니 하고 싶은 것들이 많아졌다.
이런 콘셉트도 좋고 저런 콘셉트도 좋은데..

먼저 나의 컬러를 찾아보자.
나는 은은한 뉴트럴 컬러(Neutral Color)를 좋아한
다. 말 그대로 강한 색조나 채도가 없어 중립적이라,
어디에나 조화롭고 튀지 않는다. 조금 흐리멍덩한 구
석이 있는 내 성격과도 닮았다고 생각했다.

#f8f7f2   #e5e2d7   #cbc767   #9ba58d   #ae9278   #48392e

나를 나타내는 컬러 팔레트를 만들었을 때 도달한 결
과물은 이러했다. 흐릿한 베이지과 은은한 그린, 따뜻
한 브라운까지, 이 색조합만으로도 나를 표현할 수 있
을 것 같았다. 선명함 대신 모호함을 택한 색처럼, 따
뜻하면서도 차가운 경계에 서 있는 느낌이었다.

나의 컬러와 이미지가 담긴 공간

이제 나의 컬러로 공간을 구상해 보자.

베이스 컬러는 화이트와 그레이로 정했다. 벽지를 뜯을 수 있는 곳은 뜯어 콘크리트를 노출시키고, 뜯기 어려운 곳은 화이트 페인트를 덧칠해 밝고 화사한 느낌을 주기로 했다. 바닥 역시 그레이 톤의 카펫을 선택했다. 일부 벽면은 뉴트럴 컬러의 유럽미장 시공을 추가해 포인트를 주었다. 밝은 햇빛이 자연스럽게 들어오는 따뜻한 집이 될 것 같다.

다음은 이미지를 찾아보자.

스마트폰 사진첩, 즐겨보는 매거진, 핀터레스트와 인스타그램에서 마음에 드는 이미지를 모아보았다. 분류하고 정리하는 과정에서 나만의 취향이 점점 더 선명해졌다. 나는 미니멀한 베이스에 감성과 낭만이 있는 콘셉트의 집을 원했다. 그림과 식물은 많아야 하지만, 너무 어지러운 느낌은 싫었다. 여러 스타일을 탐색하다 보니 내가 원하는 집의 이미지가 서서히 모습을 드러내기 시작했다. 집 전체의 이미지가 잡혔으니 이제 공간을 하나씩 찾아보기 시작했다.

'침실은 파리의 100년 된 낡은 아파트처럼 낭만이 있었으면 좋겠어. 화이트톤의 심플한 공간이지만 따뜻하고 아늑한 분위기도 있어야 해.'

'거실에는 큰 식물이 있었으면 좋겠어. 빛이 많이 들어올 수 있도록 레이스 커튼을 달아야지.'

'주방은 화이트로 톤만 잡고, 있는 그대로의 멋을 두자. 대신 수납은 확실히!'

'욕실은 심플하게 가되, 식물로 포인트를 주고 싶어.'

'옷방은 전체적으로 행거를 설치해서 최대한 실용적이게 만들어야지. 액세서리나 가방 수납도 쉽게 꺼낼 수 있게 정리하자.'

이상과 현실은 비록 멀지라도 상상해 보는 데는 돈이 들지 않는다. 일단 공간의 이미지를 하나하나 구체화해 나갔다.

다음은 소재를 찾아봐야지.

나는 그동안 수집해 온 빈티지 오브제, 액자, 조명, 가구들을 활용할 생각이었기 때문에 베이스가 되는 소재는 최대한 심플하게 가져가기로 했다. 그래서 생각해 낸 것이 콘크리트나 무광 페인트, 카펫이다. 이 소재를 베이스로 최소 2색에서 최대 5색까지 내가 원하는 컬러들을 배색해서 일정하게 정리하기로 했다.

중요한 건 전체 콘셉트! 각각의 공간을 통일하지는 않아도 전체 콘셉트의 톤앤매너를 잡아, 인테리어가 시끄럽지 않도록 진행했다.

연필이랑 지우개
가져와봐

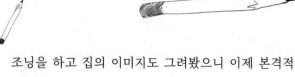

조닝을 하고 집의 이미지도 그려봤으니 이제 본격적
으로 리스트 정리를 시작해야 한다. 사실 인테리어에
돈을 쓰는 것까지는 문제가 없다. 진짜 문제는 얼마를
쓰냐는 거다.

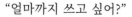

"얼마까지 쓰고 싶어?"
"글쎄 감이 잘 안 잡히네.. "
"새 거 사지 말고 원래 우리가 쓰던 걸 가져오기도 하
고 빈티지 제품을 구매할 수도 있는 거고."
"그래. 그럼 리스트를 한 번 적어보자"

우리는 종이와 펜, 계산기를 가지고 왔다. 공간별로
필요한 물건들을 적어보고 그에 대한 가격을 어림잡
아 책정한 뒤 열심히 계산기를 두드리기 시작했다.

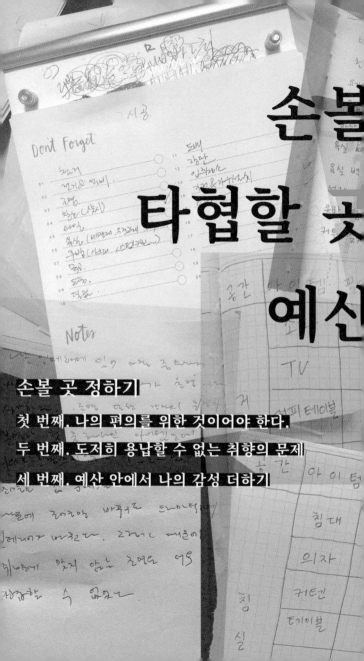

손볼 곳 정하기

첫 번째. 나의 편의를 위한 것이어야 한다.

두 번째. 도저히 용납할 수 없는 취향의 문제

세 번째. 예산 안에서 나의 감성 더하기

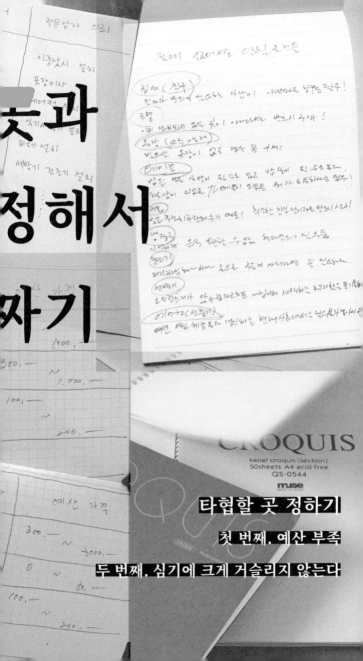

타협할 곳 정하기

첫 번째. 예산 부족

두 번째. 심기에 크게 거슬리지 않는다

손볼 곳 정하기

첫 번째. 나의 편의를 위한 것이어야 한다.

쾌적한 생활을 위해서라면 어느 정도 돈을 들여도 아깝지 않다고 생각했다. 그래서 기준을 세웠다. 이 변화가 정말 나에게 필요한가? 불필요한 감각적 욕망이나 남들의 시선을 배제하고, 오직 생활 방식에 집중했다.

가장 먼저 거슬렸던 건 거실과 발코니를 오가는 중문의 턱이었다. 무려 30cm나 되는 장벽 같은 구조는 나를 매번 불편하게 만들 것이 뻔했다. 발코니는 세탁기와 건조기가 있는 공간이자, 재활용품을 버리는 곳이며, 환기를 위해 하루에도 몇 번씩 드나드는 곳이다. 이 불편함을 감수하며 살고 싶지 않았다. 그래서 과감히 발코니 중문 공사를 했다. 단열 기능까지 갖춘 이중 새시로 교체했더니, 드나들기 편해진 것은 물론이고 집 안의 온도까지 달라졌다.

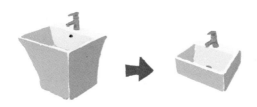

욕실도 마찬가지였다. 세면대가 너무 커서 변기에 앉을 때마다 무릎이 부딪혔다. 하루에도 몇 번씩 사용하는 공간인데, 이런 불편함을 그대로 둘 이유가 없었다. 적당한 크기의 세면대로 교체한 후, 비로소 쾌적한 공간이 되었다.

마찬가지로 좀 더 스마트한 삶을 위한 가전도 활용할 수 있는 것들은 적극적으로 들였다. 에어컨, 식기세척기, 음식물 처리기, 건조기. 사소하지만 생활을 훨씬 편리하게 만들어주는 것들이었다. '구옥이니까 어쩔 수 없지'라고 체념하기보다는, 내 생활을 더 나아지게 만들 방법을 찾아보는 것이 중요했다.

두 번째. 도저히 용납할 수 없는 취향의 문제

취향은 개인적인 것이지만, 때로는 타협할 수 없는 부분이 있다. 어떤 사람은 꽃무늬 벽지 속에서도 잘 지낼 수 있지만, 어떤 사람에게는 절대 용납할 수 없는 환경이 된다. 나는 후자였다.

처음 집을 봤을 때부터 이건 절대 그냥 둘 수 없다고 생각한 것들이 있었다. 파란색과 금색으로 뒤덮인 벽과 천장. 보는 순간부터 '이건 무조건 바꿔야 해'라고 마음먹었다. 결국 벽지는 과감히 뜯어내고 콘크리트

질감을 그대로 드러냈다. 일부 벽에는 화이트 페인트를 덧칠했다. 금색 창틀도 하나하나 분리해서 닦고 다시 칠했다. 쉽지 않은 과정이었지만, 그대로 두고 살 자신은 없었다.

공간이 나의 취향과 맞아떨어질 때, 비로소 온전한 내 집이 된다. 남들이 보기엔 사소한 부분일지 몰라도, 나에게는 꼭 손봐야 하는 부분이었다. 가능하다면 바꾸는 것이 맞다. 공간과 타협하기보다는, 내 취향을 공간에 스며들게 하는 것이 더 중요하니까.

세 번째. 예산 안에서 나의 감성 더하기

무한정 쓸 수 있는 예산이 있다면 좋겠지만, 현실은 그렇지 않다. 그래서 어디에 힘을 줄 것인지, 어디에서 절약할 것인지 정하는 일이 중요했다.

나는 장판 바닥을 좋아하지 않는다. 하지만 모든 방의 바닥을 바꾸기엔 예산이 부족했다. 결국, 침실과 서재 일부에만 카펫을 깔고, 나머지 공간에는 단품 카펫을 두는 정도로 마무리했다. 장판이 살짝 보이긴 했지만, 전체적으로 조화롭다면 충분했다. 힘을 주지 않아도 되는 곳까지 무리할 필요는 없으니까.

반면, 가구나 조명, 인테리어 소품은 신중하게 선택했다. 오래 함께할 것들이기에, 좋은 것을 들이는 편이 맞다고 생각했다. 특히 이사할 때도 가져갈 수 있는 가구는 더욱 신중하게 골랐다. 예산이 한정적일 때는 투자할 것과 절약할 것의 우선순위를 정하는 것이 중요하다.

강식용 협탁　　　2인용 식탁　　　4인용 식탁

3단 변화가 가능한 게이트렉 테이블

예를 들어, 거실에 영국 앤티크 가구를 대표하는 게이트렉 다이닝 테이블을 들였다. 평소에는 최소한으로 접어 두었다가, 남편과 둘이서 식사할 때는 한 단만 펴서 사용한다. 손님이 오면 완전히 펼쳐 네 명이 둘러앉을 수 있는 구조. 공간을 효율적으로 활용하면서도, 클래식한 멋을 포기하지 않았다. 오래 두고 아껴줘야겠다고 생각했다.

공간을 꾸밀 때는 단순히 유행을 따르는 것이 아니라, 나만의 기준을 갖는 것이 중요하다. 예산 안에서 현실적인 선택을 하되, 나의 감성과 취향을 담아내는 것. 결국, 공간은 돈이 아니라 취향으로 완성되는 것이니까.

타협할 곳 정하기

첫 번째. 예산 부족

손볼 곳을 정했다면 이제 타협할 곳을 정해야 한다. 아무리 손보고 싶은 곳이 많아도, 예산이 부족하면 다시 한번 고민해야 한다. 그래서 괜히 많은 돈을 들여서 '더하기'보다 '빼기'를 생각하려고 했다. 살면서 점점 익숙해질 수도 있고, 나중에 더 좋은 아이디어가 떠오를 수도 있으니, 당장 모든 것을 완벽하게 만들 필요는 없다고 느꼈다. 오히려 시간이 지나며 하나둘씩 바꿔가는 과정이 더 재미있을 수도 있다고 생각했다.

처음에는 현관 타일이 마음에 들지 않았다. 80년대 스타일의 어두운 타일이 깔려 있었다. 바꾸고 싶었지만, 현관은 집에서 생활할 때 거의 눈에 띄지 않는 공간이었다. 결국, 그 예산을 다른 곳에 쓰는 것이 맞다고 판단했다.

두 번째. 심기에 크게 거슬리지 않는다

처음에는 거슬렸던 것들도, 시간이 지나면 익숙해지는 경우가 있다. 공간을 바꾸는 과정에서 '크게 불편하지 않은 요소'라면 손대지 않는 것도 방법이다. 내게는 거실 조명이 그랬다. 거실 조명을 바꿔볼까 여러 번 고민하다 천장 높이나 집의 사이즈에 거실 천장 조명은 기존의 것이 가장 맞겠다는 결론이 났다. 레트로한 느낌이 나름대로 괜찮아서 그대로 두었다.

예산 짜기

공간을 완성하는 일은 내가 살고 싶은 환경을 설계하고, 그 안에서의 삶을 구체적으로 그려보는 과정이다. 하지만 현실적인 문제를 간과할 수는 없다. 한정된 예산 안에서 최적의 선택을 해야 하는 것. 결국 인테리어란 예산과의 타협 속에서 완성된다.

리스트 작성

먼저 공간별로 필요한 아이템 리스트를 작성했다. 장을 보러 가기 전에 식재료 목록을 만드는 것처럼, 공간별로 필요한 것들을 하나하나 적어 내려간다. 이때 중요한 점은 최대한 세분화하는 것. 가령 '커튼'이라고 적기보다는, 공간별로 나누어 '거실 커튼', '침실 커튼'처럼 분류했다. 그런 뒤, 각 항목의 예산을 설정했다. 이미 가지고 있는 물건은 '0원'으로 표기하고, 새로 구매해야 할 제품은 적정 예산을 정해두었다.

간	아이템	필요유무	예산 가격
	소파	O	60.— ~ 1,000.—
	TV	O	300.— ~ 1,000.—
거 니	커피 테이블	O	100,— ~ 200.—

공간	아이템	필요유무	예산 가격
	침대	O	300.— ~ 2,000.
	의자	O	0 ~ 50.—
침 실	커튼	O	100.— ~ 200.—
	테이블	X	.

셀프 인테리어 VS 전문업체 의뢰

턴키(Turn Key) 인테리어라는 말이 있다. 인테리어 업체에게 키를 맡기고 모든 진행을 맡긴다는 뜻이다. 그리고 그에 반하는 말이 모든 것을 직접 시공하는 셀프 인테리어다.

나는 가능한 한 셀프 인테리어로 진행하고 싶었다. 예산뿐만 아니라, 집을 개조하는 동안 모든 과정에 관여하고 싶었기 때문이다. 하지만 셀프 인테리어는 손이 많이 가고, 예상치 못한 변수들이 많다. 그래서 기술이 필요한 공사는 전문가에게 맡기고, 비교적 간단한 페인팅이나 조명 설치는 직접 진행했다.

결국은 역시 돈을 어떻게 쓸 것인지 고민하는 과정이었다. 무조건 '최고'를 선택하는 것이 아니라, 내 삶에 맞는 방식으로 적절히 조율하는 것. 무엇을 고칠지, 무엇을 유지할지, 그리고 어디까지 타협할지를 결정하는 순간순간이 하나의 과정이 되고 있었다.

셀프 인테리어

전문업자 의뢰

벽지제거

이중샷시 설치

천장 조명교체

포장이사

페인팅

에어컨 설치

유럽 이장

식기세척기 설치

바닥 카펫

비데 설치

욕실 세면대 교체

세탁기 건조기 설치

욕실 벽 핸디코트

⋮

서재 선반

윗방 합판 벽

커튼 설치

⋮

동선 생각하며
도면 그리기

이 벽에서 저 벽으로 레이저를 쏘며 벽과 천장의 사이
즈를 측정해 갔다. 빠르게 작업을 마쳐야 했기에 A4
용지 한 장에 이것저것 휘갈겨 적었다. 대략적인 방의
위치를 알고 있었기 때문에 기본 틀을 그려두고, 그
위에 치수를 덧붙여 나갔다. 나중에 남편이 메모한 종
이를 보더니 자기는 도저히 알아볼 수 없겠다고 했다.

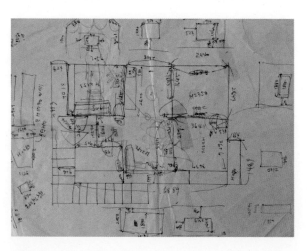

그러니 이제 나만이 해독할 수 있는 이 그림을 도면
으로 옮겨 그려야 할 차례다. 종이와 펜, 삼각 스케일
자를 가지고 간단한 도면을 새롭게 옮겨 그렸다. 벽과
문, 창문만 표시해 공간의 구조만 알아볼 수 있게 했
다. 이제 베이스가 완성된 것이다.

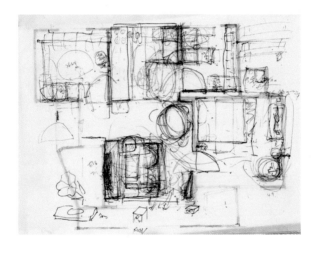

이미 조닝을 통해 방의 용도는 정해졌으니, 이제는 가
구 배치를 고민할 시간이다. 기름종이가 필요한 순간
이다. 베이스 도면을 아래에 두고, 그 위에 기름종이
를 덧대어 가구 배치를 계속 수정해 나갔다.

침대는 이쪽이 나을까, 아니면 저쪽일까? 다이닝 공간이 마땅치 않은데, 식탁을 어디에 두어야 할까? 옷방 행거는 ㄴ자로 배치할까, ㄷ자로 놓을까?

앞으로 살아갈 우리의 생활 패턴을 상상하며 가구의 위치를 조정해 나갔다. 동선이 맞지 않아 불필요한 이동이 많아지거나, 생활하는 데 불편이 생긴다면 그 배치는 실패다. 그럴 땐 플랜 B로 전환한다.

이사 전에 도면을 그리고 가구 배치를 미리 해보는 과정은 유의미했다. 예상치 못한 불편함을 미리 예방할 수도 있었고, 공간을 보다 넓고 효율적으로 활용할 수도 있었다. '실측 - 도면 - 가구 배치'라는 단순한 순서가 가장 확실한 방법이었다.

그러나 아무리 완벽하게 계획했다 해도, 살아가면서 가구 배치를 바꾸는 일은 자연스럽게 생긴다. 생활 패턴이 변할 수도 있고, 불편하다고 생각했던 동선이 오히려 더 편리하다는 걸 깨닫게 될 수도 있다.

그래서 가구 배치는 언제든 다시 조정할 수 있다는 마음으로 가볍게 접근했다. 집은 정해진 형태에 맞춰 사는 공간이 아니라, 살아가면서 나에게 맞춰가는 공간이니까.

셀프 인테리어 시공 어떻게 해야할까

공사 일정표 작성하기

셀프 공사를 진행하기로 했지만, 우리 둘 다 본업이 있어 공사 일정은 충분히 여유롭게 잡기로 했다. 남편은 평일에는 회사 업무를 마친 후 밤에만 작업할 수 있었고, 나는 최대한 일정을 조율해 인테리어 공사에 집중할 수 있도록 조정했다. 이미 어떤 공사를 진행할지 계획이 정해져 있었기 때문에, 공사 일정표를 작성하는 것은 어렵지 않았다. 중요한 것은 각 작업이 얼마나 걸릴지, 그리고 어떤 작업을 동시에 진행할 수 있는지였다.

우선순위를 정하고, 효율적으로 작업을 배치했다. 하루에 가능한 작업량을 계산하고, 평일과 주말을 나누어 공사 기간을 최대한 단축하고자 했다. 동시에 진행할 수 있는 작업을 조율해 시간을 절약했고, 바닥 마감재와 현관 공사는 마지막에 시공해 다른 작업이 원활하게 진행될 수 있도록 신경 썼다. 또한, 공사 자재 발주표를 만들어 필요한 자재를 빠짐없이 준비했다. 아무리 일정이 완벽해도, 재료가 제때 도착하지 않으면 모든 계획이 어긋날 수 있기 때문이다.

이렇게 조율한 결과, 대략 2주 정도의 공사 기간이 산출되었다. 계획대로만 진행된다면 큰 어려움 없이 마무리할 수 있겠지만, 혹시 일정이 변동되더라도 공사 일정표를 참고해 유연하게 조정해 나가면 된다.

공사 일정	木	金	土	日	月	火	水	木	金	土	日	月	火	水	木	金
	1	2	3	4	5	6	7	8	9	10	11	12	13	14	15	16
지 제거		●							●							
장 시공		●—●														
실 벽 타메 작업			●—●													
면대 고체					●—●											
실 바닥 타일 고체						●—●										
인트 도장 공사							●—●									
방 가벽 공사								●—●								
재 책장 설치									●—●							
명 및 커텐 설치										●—●						
에어컨 및 각종 설비 설치											●—●					
주 청소												●—●				
닥 카펫 깔기														●—●		
사																●

" 벽 인테리어는? "

기존 벽지는 모두 제거하기로 했다. 먼저 벽의 공간을
나누어, 일부는 완전히 벗겨내고 일부는 화이트 페인
트를 덧칠하는 방식으로 정리했다.

993년도에 지어진 우리 집은 적어도 다섯 번 이상 벽
지를 덧발랐던 것 같다. 한 겹을 벗겨내면 그 아래 또
다른 벽지가 나오고, 또 벗겨내면 그 아래 또 하나가
숨어 있었다. 여러 겹이 쌓인 벽지를 제거하기 위해
벽지 제거액을 발라 불린 후, 스크래퍼와 헤라를 이
용해 긁어냈다. 마지막에는 멀티톱을 사용해 콘크리
트 먼지가 날리지 않도록 코팅했다. 단순한 작업 같았
지만, 깨끗하게 벗겨내려면 상당한 노력과 시간이 필
요했다. 하지만 덕분에 깔끔한 노출 콘크리트 벽을 가
질 수 있었다.

몇몇 벽면은 화이트 페인트를 칠하기로 했다. 페인트가 묻지 않도록 커버링 테이프로 보호한 뒤, 두세 번에서 많게는 다섯 번까지 덧칠했다. 손이 많이 가는 과정이었지만, 여러 번 칠한 덕분에 깨끗하고 넓어 보이는 공간이 완성되었다.

페인트와는 또 다른 방식으로, '유럽미장'이라는 시공법도 활용했다. 미장재에 안료를 적절히 섞어 빈티지한 느낌을 연출하는 방식이다. 나는 따뜻한 분위기를 위해 골드브라운 계열의 안료를 선택했다. 유럽미장은 여러 차례 건조시키며 층을 쌓아 색을 입히는 방식이라 자연스러운 텍스처를 만들어낸다. 오히려 거칠고 자유롭게 칠할수록 감성이 살아나는 것이 장점. 다만, 공간 전체를 유럽미장으로 마감하면 자칫 과해 보일 수 있어 한쪽 벽면만 포인트 벽으로 남겼다. 덕분에 빈티지한 감성과 이국적인 분위기를 동시에 담아낸 공간이 완성되었다.

벽 시공에

페인트 트레이 & 붓

보호용안경

M-1
WALLPAPER
REMOVER

벽지제거제

스크래퍼

작업장갑

사용했던 도구들

멀티톱

방진 마스크

전동 드릴

비닐커버테이프

페인트

헤라

" 가정집 바닥 마감은 뭘로 할까? "

나는 비닐 장판 바닥재를 좋아하지 않는다. 특유의 퀄리티와 촌스러움이 싫다. 바닥은 공간의 인상을 결정하는 중요한 요소인데, 비닐 장판은 전체적인 미감을 해치는 느낌이었다. 어떤 이유에서든 비닐 장판을 바닥재로 사용하고 싶지 않았다.

그러면 어떻게 해야 할까? 예산이 넉넉하지 않았기 때문에 원목 마루, 강화 마루, 대리석 같은 고급 마감재는 선택할 수 없었다. 데코타일은 가격 대비 합리적인 선택이지만, 접착제의 화학 성분이 걱정되었다. 집에서는 바닥에 드러누울 수도 있는데, 건강을 해칠 수도 있는 재료를 사용하고 싶지 않았다. 시멘트 에폭시도 고려했지만, 겨울철 난방을 가동하면 바닥이 갈라질 가능성이 있어 배제했다.

그렇게 고민 끝에 카펫 바닥재를 선택했다. 카펫은 여러 장점을 가지고 있었다. 한국 가정집에서는 보기 드문 유니크한 분위기, 비교적 저렴한 비용, 손쉬운 셀프 시공 가능, 층간 소음을 줄여주는 흡음 효과, 보온성까지.

카펫 바닥은 저렴하면서도 셀프 시공하기에 최적이었다. 롤 카펫을 구매한 후 원하는 공간에 맞게 잘라 맞추기만 하면 됐다. 기존 장판을 걷어낼 필요도, 접착제로 고정할 필요도 없었다.

덕분에 시공 과정이 간편했다. 물론 단점도 있었다. 먼지나 머리카락이 떨어져도 잘 보이지 않아 매일 청소기를 돌려야 했다. 바닥에 액체를 쏟으면 쉽게 스며들기 때문에 조심해야 했다. 하지만 오히려 이 점이 공간을 더 깨끗하게 유지하는 계기가 되었다. 조금 더 신경 써서 관리하면 위생적으로도 좋은 환경을 만들 수 있었다.

욕실 공사

처음 집을 볼 때부터 욕실이 마음에 들지 않았다. 누군가에게는 평범한 욕실일 수도 있지만, 나는 도저히 그냥 쓸 수 없을 것 같았다. 어떻게든 바꾸고 싶었다. 오랫동안 해외에서 생활하며 화장실과 욕실이 분리된 건식 욕실을 사용해 왔다. 건식 욕실은 내게 익숙했고 편리했다. 그래서 이사할 집을 찾을 때도 건식 욕실이 있는 곳을 고르려 했지만, 한국에서는 선택의 폭이 너무 좁았다. 결국 타협이 필요했다.

의문이 들었다. 왜 샤워 커튼도 없이 온 욕실을 물바다로 만들까? 왜 배수구가 욕실 한가운데 있어야 할까? 이해할 수 없는 점이 한두 가지가 아니었지만, 집이 정해진 이상 손을 보기로 마음먹었다.

세면대 교체, 벽과 천장 미장 공사, 바닥 타일 덧방, 샤워 호스 교체, 욕실 선반 정리, 샤워 커튼 설치, 거울 교체, 비데 설치까지. 애초에 크게 손볼 생각은 아니었지만, 결국은 전반적인 공사가 되어버렸다.

먼저, 벽면의 타일을 덧방하기로 했다. 이전의 타일 자체는 나쁘지 않았지만, 여기저기 구멍이 많고 시공이 깔끔하지 않았다. 하지만 나 역시 직접 타일 덧방을 부착하는 것은 처음이었기 때문에, 서툰 손길이 드러날까 걱정되었다. 그래서 지중해 스타일의 벽처럼 점토 느낌으로 거칠게 마감하면 어떨까 생각했다. 지중해 건축에서는 보통 회반죽을 이용해 미장 마감을 하지만, 나는 그 느낌을 흉내 내기로 했다. 물에 강한 핸디코트 워셔블을 사용해 벽을 마감했다. 기존 벽면을 깨끗이 정리한 뒤, 핸디코트 워셔블을 물과 살짝 섞어 바르고 말리는 방식이었다. 간단하지만 건조 시간이 오래 걸리는 단점이 있었다. 하지만 한 번 만들어 놓으니 어디서도 볼 수 없는 튼튼한 벽면이 완성되었다.

너무 큰 세면대는 작은 사이즈의 세면대로 교체했다.
샤워 수전도 깔끔한 디자인으로 바꿨고, 벽걸이 거울
역시 욕실의 화이트 톤과 어울리는 타원형 디자인을
골랐다. 원래는 커다란 목재 거울이 걸려 있었지만,
내 취향이 아니었다. 욕실 선반도 처음에는 네 개나
있었지만, 불필요한 것들은 모두 정리하고 하나만 위
치를 조정해 다시 달았다. 군더더기 없는 미니멀한 욕
실을 만들고 싶었다. 창가에는 물에 강한 흰별아이비
를 두었다. 화이트 톤의 욕실과 잘 어우러지는 싱그러
운 초록빛이었다.

마지막으로 비데를 설치하고, 샤워 커튼까지 달아 마
침내 욕실 공사를 마무리했다. 그렇게 해서, 햇빛 가
득 들어오는 지중해 무드 욕실이 완성되었다.

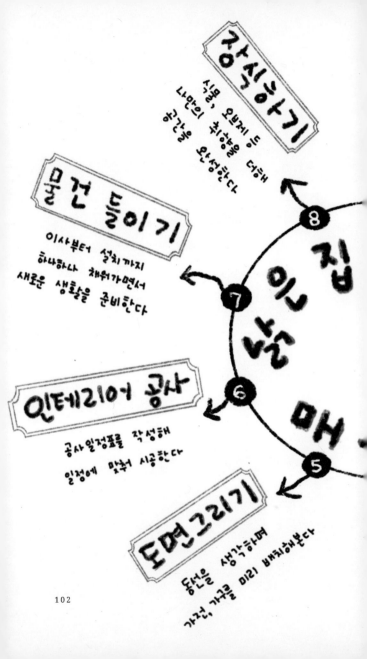

정리하기

시작, 몸께 이
나만의 취향을 담아
아늑한 집을 완성한다

물건 들이기

이사부터 설치까지
하나하나 채워가면서
새로운 생활을 준비한다

인테리어 공사

공사 일정표를 작성해
일정에 맞춰 시공한다

도면 그리기

동선을 생각하며
가전, 가구를 미리 배치해본다

집 인날 매

⑧
⑦
⑥
⑤

조닝

생활 패턴과 취향에 맞게
공간을 구분하고 배치 한다

콘셉트 정하기

원하는 톤앤매너와
이미지를 구상해본다

리스트 정리

순번짓과 타협할 것을 정해
눈과 수고를 절약한다

예산 짜기

재료비나 공사비 등을 확인해 가면서
더하기 빼기로 계산한다

리모델링열

Chapter 3.
가꾸기

반가운 설렘이 가득한 현관

지친 몸을 이끌고 문을 열면 가장 먼저 마주하는 공간, 현관. 가족 구성원뿐만 아니라 손님을 맞이할 때도 집의 첫인상을 결정짓는 곳이다. 그래서 나는 우리 집의 첫인상이 따뜻하고 환영받는 느낌이길 바랐다. 신발을 벗고 나서는 곳이 아니라, 집으로 돌아오는 순간 기분 좋은 설렘을 느낄 수 있는 공간이었으면 했다.

좁은 공간에서도 분위기를 살릴 수 있는 방법을 고민하다가 영국 앤티크 콘솔 테이블을 들였다. 벽면에 놓는 얇고 긴 형태로, 유니크한 디자인이 돋보이는 가구다. 수납뿐만 아니라 공간을 장식하는 요소로도 훌륭하다. 이 콘솔 테이블 위를 어떻게 꾸밀지 생각하니 벌써 설렜다.

먼저 테이블 러너를 깔았다. 러너나 매트 없이 소품을 올려두면 공간이 의외로 썰렁해 보일 수 있는데, 패브릭을 활용하니 내가 아끼는 소품 하나하나가 더욱 돋보였다. 실크나 린넨 같은 소재의 러너는 텍스처를 풍부하게 만들어 공간에 깊이를 더했다.

그리고 그 위에 다양한 오브제를 올린다. 조명, 액자, 오르골, 향수, 그리고 빠질 수 없는 꽃병을 놓았다. 꽃이 주는 화사함은 그 어떤 장식도 대신할 수 없으니까. 조명은 현관과 콘솔의 크기, 그리고 전체적인 분위기를 고려해 작고 심플한 램프와 고전적인 캔들라이트를 함께 배치했다. 단조로움을 피하기 위해 높낮이를 다르게 조절하면서 배치하니 더욱 균형 잡힌 느낌이 들었다. 소품들을 하나둘씩 이동하며 배치하면서 내가 원하는 무드를 찾아갔다.

현관은 나를 맞아주는 첫 번째 장소다. 지친 하루의 끝에서 가장 먼저 나를 반겨주는 공간인 것이다. 작은 소품 하나, 따뜻한 조명 하나가 만들어내는 변화는 생각보다 크다. 문을 열고 들어서는 순간, 은은한 조명과 정돈된 공간이 반겨준다면, 그 자체로 하루가 위로받는 기분이 든다. 밖에서 어떤 하루를 보냈든, 현관이 주는 따뜻한 설렘 속에서 다시 편안한 나로 돌아갈 수 있다.

현관이 주는 첫인상은
집의 인사말 같다
아늑함으로 시작해
편안함으로 이어진다

신발을 벗는 순간,
하루의 긴장도 함께 내려놓는다

하루의 시작과 끝,
쉼을 위한 침실

침실 문이 살짝 열렸을 때 보이는 풍경이 화사하고 평
온한 공간이기를 바랐다. 그래서 침실을 인테리어할
때 가장 먼저 떠올린 것은 역시 색감이었다. 화이트와
크림 컬러를 입혀 밝고 부드러운 분위기로 만들었다.
문과 천장에는 90년대 특유의 장식이 남아 있었는데,
색을 바꾸고 현대식 조명을 설치하니 파리의 오래된
아파트처럼 감각적인 느낌이 들었다.

아침 햇살을 자연스럽게 받아들이며 깨고 싶었다. 그
래서 빛을 완전히 차단하는 암막커튼 대신 부드러운
화이트 암막커튼을 설치했다. 덕분에 어두워지면 잠
들고 볕이 들면 깨어나는 자연스러운 리듬을 유지할
수 있다.

오래된 집이라 신축과는 다르게 침실이 꽤 넓었다. 그렇다고 그 넓음을 가구로 채울 필요는 없었다. 오롯이 '쉼'에 집중하고 싶어서 여백을 두었다. 퀸사이즈 침대에도 프레임을 두지 않고 낮게 두어 넓은 공간감을 살렸다. 침대가 낮아지니 사이드 테이블을 두기 애매해졌는데, 그 자리에 피크닉 바구니를 두었다. 바구니 속에는 책과 잡다한 물건들이 숨겨져 있다. 덕분에 깨끗한 상태를 유지하면서도 침실의 톤과도 잘 어울리는 장식이 되었다.

침대 머리맡에는 남편과 함께 사용할 수 있도록 벽등을 각각 따로 설치했다. 원하는 자리에서만 빛이 들어오도록 해서 서로 방해받지 않도록 했다. 그래서 침실에는 TV도 두지 않았다. 우리 동네는 낮에는 사람들로 북적이지만, 밤이 되면 한 블록만 들어와도 조용한 주택가가 된다. 그렇기에 침실에선 그 고요함을 온전히 누리고 싶었다.

벽에는 좋아하는 빈티지 액자와 엽서들을 걸어두었다. 미국과 유럽에서 온, 시간이 쌓인 빈티지 액자들은 화이트톤의 침실에 따뜻한 깊이를 더해준다.

하루가 시작되고 마무리되는 곳,
침실은 그 자체로 쉼이 되는 공간이다

공간이 전체적으로 화이트톤이라 자칫 차가워 보일 수 있겠다는 생각이 들었다. 그래서 식물을 하나둘씩 들였다. 전신 거울을 기준으로 높낮이를 조절하며 배치해 가면서, 공간의 흐름을 탐색했다. 천장에서 바닥까지 식물들이 조화를 이루도록 구성하는 과정도 하나의 즐거움이었다. 화분들의 톤도 일정하게 유지하고 싶어서, 어울리지 않는 화분들은 사용하지 않는 에코백을 감싸 통일감을 주었다. 하나둘씩 늘어나는 초록이 침실을 더 살아있는 공간으로 만들어 준다.

침실은 하루의 끝과 시작을 잇는 곳이다. 문을 열었을 때 평온함을 주고, 잠들기 전에는 사색의 시간을 선물하며, 아침에는 자연스럽게 하루를 맞이할 수 있는 공간. 그렇게, 침실은 나만의 리듬을 만들어가는 곳이 되었다.

앤티크와 모던이
조화로운 거실

처음 이 집을 보자마자 이상하게 끌렸다. 이 집은 내가 고쳐야겠다고. 가장 먼저 벽지를 뜯었다. 거친 콘크리트가 드러났다. 오래된 집이다 보니 벽에 구멍이 많고 보수할 부분도 많았지만, 최소한으로 손을 봤다. 천장과 벽의 모서리 부분만 새 몰탈 콘크리트로 덧칠하고, 나머지는 원래의 질감을 그대로 살렸다. 그래서 자세히 보면 벽의 색과 질감이 다르다. 하지만 그런 불균형마저도 빈티지 홈의 매력이라고 생각했다. 구옥 특유의 넓은 거실에 노출 콘크리트를 더하니 개방감이 극대화되었다. 커튼도 두꺼운 것이 아니라 얇은 빈티지 커튼을 사용해 베란다가 어렴풋이 보이도록 했다. 자연스럽게 빛이 퍼지면서 공간이 더욱 따뜻해 보였다.

노출 콘크리트를 전체적으로 사용한 것은 아니다. 천장과 문, 그리고 거실과 이어지는 현관과 부엌 벽은 화이트로 칠했다. 콘크리트의 차가운 느낌과 화이트 컬러의 밝은 톤이 조화를 이루며 공간을 자연스럽게 나눠준다.

천장의 오래된 조명은 손대지 않았다. 침실과 부엌의 조명은 모던한 스타일로 교체했지만, 거실의 조명만큼은 그대로 두었다. 구옥 특유의 화려한 조명은 또 하나의 개성이었고, 우리 집의 신구 조화를 상징하는 요소이기도 했다.

그레이톤의 콘크리트 벽은 예술 작품을 더욱 돋보이게 만든다. 거실의 그림들은 두 개의 콘셉트로 나눠 배치했다. 하나는 소파 뒤쪽의 모던한 작품들, 그리고 다른 하나는 앤티크 가구들과 어우러진 빈티지 아이템들이다. 소파 위 벽에 걸린 두 점의 모던한 작품은 일본에서 살 때 직접 만든 작품이다. 귀국할 때까지 포기할 수 없어서 고이 들고 온 것들이다.

앤티크 가구들 위에는 일본에서 가져온 목재 액자, 독일 빈티지 태피스트리, 미국 플리마켓에서 산 그림, 친구로부터 받은 엽서, 그리고 말린 꽃과 골드 캔들홀더도 함께 장식했다. 현관문을 열면 가장 먼저 보이는 공간이라 좋아하는 아이템으로 벽을 채웠다.

구옥에는 역시 고가구가 자연스럽게 녹아든다. 오래된 것들이 주는 무게감과 세월의 흔적은 오히려 공간에 깊이있는 분위기를 더한다. 하지만 모든 가구를 앤티크로 채우면 자칫 답답해질 수 있어, 모던한 요소와 적절히 조합했다.

뷰로나 게이트렉 테이블처럼 접이식 구조의 앤티크 가구들은 공간이 넉넉하지 않아도 효율적으로 사용할 수 있다. 뷰로는 평소에는 닫아두고, 일할 때만 연다. 노트북을 켜고 키보드를 두드리거나, 종이에 글을 쓸 때 가장 많이 사용하는 공간이다. 게이트렉 테이블은 평소에는 최소한으로 접어두고, 일할 때나 남편과 식사할 때는 한 단만 펼친다. 손님이 오면 완전히 펼쳐 4인용 식탁으로 변신한다.

미니 사이즈의 사이드 테이블은 옮기기 편해 여기저기 배치하며 사용 중이다. 작은 갓등을 씌운 앤티크 테이블 램프를 올려두었는데, 공간의 포인트 역할을 톡톡히 해낸다.

미드 센추리 모던 스타일도 좋지만, 클래식한 앤티크가 주는 묵직한 매력에 빠지면 그것 또한 헤어나올 수 없다.

이 집을 고치면서 많은 시행착오가 있었지만, 결국 내가 원하는 무드의 거실을 완성할 수 있었다. 낡고 오래된 것들이 주는 멋과 세월의 흔적을 있는 그대로 받아들이며, 신구의 조화를 이루는 것. 그것이 이 공간의 핵심이다. 무엇보다 나에게 가장 편안한 공간이 된 것이 가장 만족스럽다. 오래 머물고 싶은 거실. 나만의 빈티지 무드를 담은 공간에서 앞으로도 더 많은 시간을 보내고 싶다.

앤티크 가구와 모던한 요소가
조화롭게 어우러진 거실은,
시간의 흔적과 현재의 감각이
공존하는 공간이다

필요한 것만 채워진 옷방

옷방은 창문을 완전히 가렸다. 창문이 있던 벽은 나왕 합판으로 매끈하게 덮었고, 나머지 벽들은 벽지를 모두 제거해 거친 콘크리트를 그대로 드러냈다. 빛이 차단된 공간에는 스포트라이트 조명을 활용해 필요한 부분만 밝히도록 했다. 드레스룸은 작은 공간이었기에 별도의 옷장을 배치하는 대신, 공간 전체를 하나의 워크인클로짓(Walk-in Closet)으로 활용하는 것이 더 효과적이라 판단했다. 행어를 설치해 옷을 걸고, 목재 선반을 부착해 가방과 모자 같은 패션 아이템들을 정리했다. 자주 사용하지 않는 네일용품, 미용가전, 반짓고리 등은 종류별로 분류해 에코백에 담아 벽에 걸었다. 의외로 깔끔한 정리 방법이었고, 무심코 쌓이던 에코백들도 유용하게 활용할 수 있어 만족스러웠다.

나는 옷을 많이 사지도, 소유하지도 않는다. 매번 입는 옷만 입고, 비슷한 스타일만 사는 편이다. 20대에는 일주일 내내 옷을 바꿔 입으며 패션을 즐겼지만, 지금은 그 열정이 자연스럽게 사라졌다. 특별한 날에는 그때그때 맞춰 입지만, 평소에는 편안한 옷을 간결하게 입는다. 그래서 우리 집 옷방에는 내 옷보다 남편의 옷이 더 많다.

옷이 많지 않다 보니 복잡한 정리 방법이 필요하지 않았다. 소재나 종류별로 구분하기보다는 색깔별로 나누어 정리했다. 이상하게도 색이 정리되어 있어야 마음이 편했다. 게다가, 나는 눈에 보이는 옷만 입는 타입이라 옷을 접어서 보관하면 자연스럽게 손이 가지 않았다. 옷이 사라지지 않도록 적당한 수량만 남겨두고 모두 옷걸이에 걸어둔다. 계절이 바뀔 때마다 봄·여름 옷과 가을·겨울 옷을 교체하며, 나머지는 행어 아래 수납장에 보관한다.

한때 메이크업을 즐겼던 적도 있었지만, 이제는 재미가 없어졌다. 전신 거울 옆 작은 접시 위에는 나와 남편의 스킨케어와 바디케어 제품이 단출하게 놓여 있다. 메이크업 제품들은 작은 메이크업 박스에 담아두고, 가끔 필요할 때만 꺼내 쓴다. 화장대도, 파우더룸도 따로 없이, 이 정도면 충분했다.

결국 내가 편한 방식이 가장 좋은 방식이다. 많은 물건을 소유하기보다 필요한 것만 남기고, 내가 가장 쉽게 활용할 수 있도록 정리하는 것. 공간도, 삶도, 그렇게 단순하고 가볍게 유지하고 싶다.

장식 대신 기능을
복잡함 대신 단순함을
선택한 옷방은 우리 집에서
가장 실용적인 공간이다

취향을 모아놓은 서재

서재는 하루 종일 햇살이 머무는 공간이다. 커튼을 달까 고민도 해봤지만, 따스한 햇빛이 가득 들어오는 이 공간을 가리고 싶지 않았다. 대신, 창가 곳곳에 작은 식물을 두어 온실처럼 활용하기로 했다. 벽지는 모두 뜯어내고 콘크리트 벽을 그대로 노출시켰다. 천장 틀은 보수했고, 다소 지저분했던 창틀은 목재 프레임을 더해 단정하게 정리했다.

이 방의 역할은 여러 번 바뀌었다. 처음에는 책과 작업물을 놓고 작업실로 사용할 생각이었지만, 막상 데스크를 두어도 이 방에서 작업하는 일이 드물었다. 책도 거실 소파나 침대에서 읽는 게 더 편했다. 대신, 주방과 가까운 점을 활용해 믹서나 제빵기, 티 세트처럼 자주 쓰지 않는 주방 도구들을 수납하기 시작했다. 그

뿐만 아니라 문구류, 카메라, 빈티지 수집품들까지 하나둘 늘어나면서 자연스럽게 수납 공간으로 변해갔다. 결국 데스크를 치우고 ㄷ자 모양의 책장을 만들었다. 서재에서는 책을 고르거나 물건을 찾는 정도면 충분하다고 생각해 의자 하나만 남겨두었다.

책장은 직접 만들었다. 방 크기에 맞춰 자른 목재와 시멘트 블록만 있으면 간단하게 만들 수 있다. 이 방식은 일본에서 혼자 살 때부터 여러 번 이사를 다니며 터득한 나만의 방법이다. 공간에 맞춰 자유롭게 조정할 수 있다는 게 장점이다.

책은 장르별로 분류해 정리했다. 전공서, 여행서, 소설, 인문서, 만화책 등 다양한 장르의 책을 가지고 있어서 장르별로 나누는 것이 실용적이었다. 이렇게 정리하니 원하는 책을 빠르게 찾을 수 있고, 취향도 한눈에 보였다. 같은 장르라도 양이 많은 책들은 한 칸을 통째로 할애하고, 적은 책들은 세로와 가로를 섞어 배치했다. 남은 공간에는 식물과 빈티지 수집품들을 적절히 올려 작은 오브제처럼 연출했다. 소설은 좀 더 세분화해 대륙 → 나라 → 작가별로 정리했다.

선반용목재 길이 폭 두께
1000 × 300 × (19   × 6개
2750 × 300 × (19)   × 4개
285.   × 6장 잘라서

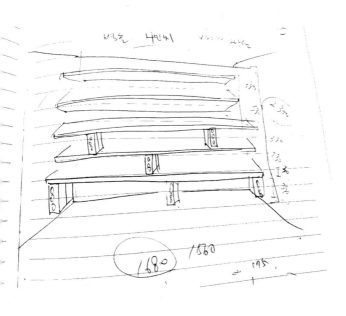

바조르 나인치

1680 1560

약 195.

우리 집에는 빈티지 아이템이 많다. 한곳에 모아두기보다는 콘셉트별로 나누어 배치했다. 가령, 작은 에스프레소 잔들은 따로 모아 아기자기한 디스플레이를 만들었고, 디즈니나 테디베어, 코카콜라 같은 아메리칸 빈티지 스타일 아이템도 한 코너에 정리했다.

그렇게 하나둘, 서재는 취향이 집약된 공간이 되었다. 책을 고르고, 수집품을 진열하고, 잠깐 머물러 따뜻한 햇살을 즐기기도 한다. 멀리서 보면 통일성 없어 보일지 몰라도 하나하나 취향이 묻어난 각별한 것들이라 내게는 보물창고 같은 곳이다. 한때는 용도를 정하지 못해 이리저리 흔들리던 공간이었지만, 이제는 나의 취향을 모두 담은 서재가 되었다.

**책과 수집품들이
곳곳에 자리 잡아,
취향이 집약된
보물 창고가 되었다**

힘을 뺀
화이트 미니멀 주방

주방은 기존 구조를 그대로 유지하기로 했다. 애초에 요리에 큰 흥미가 없었기에 주방 자체에 대한 애정도 크지 않았다. 대신 최대한 깔끔하게 정리하고, 소소한 변화만 주기로 했다.

기존 벽면에는 검정 벽돌 타일이 있었는데, 굳이 떼어내지 않고 화이트 페인트를 덧칠해 전체적으로 밝은 톤을 연출했다. 다른 벽과 천장도 동일한 방식으로 정리했다. 힘을 빼고 가볍게 손본 공간이지만, 조명만큼은 신중하게 골랐다. 골드톤의 모던한 천장 조명을 직접 설치했는데, 은은한 조도가 공간의 분위기를 한층 부드럽게 만들어주었다. 싱크대 주변에는 초록 식물을 배치해 자연스럽게 빈티지 무드를 더했다.

주방 수납장은 생각보다 넉넉한 사이즈라 그대로 사용했다. 공간을 깔끔하게 유지하기 위해 꼭 필요한 것들만 남기고, 웬만한 조리 도구와 식기류는 수납장에 감췄다. 손님용 식기들은 서재의 수납장에 따로 보관하고, 주방에는 그때그때 사용하는 그릇들만 정리해두었다. 유리는 유리대로, 그릇은 그릇대로, 식재료는 용도에 맞게 구분해놓으니 찾기도 쉽고, 정리된 모습도 만족스러웠다.

자주 쓰지만 거추장스러운 물건들은 에코백에 넣어
벽걸이 레일에 걸어 두었다. 키친타월이나 랩 같은 소
모품, 냄비받침이나 오븐장갑 같은 자주 쓰는 아이템
도 같은 방식으로 정리했다. 드레스룸부터 시작해 에
코백을 적극적으로 활용하고 있는데, 주방에서도 그
효과는 충분했다. 간편하면서도 깔끔하게 정리할 수
있는 이 방식이 꽤 마음에 든다.

주방은 많은 시간을 보내는 공간이 아니지만,
최소한의 손길로도 기분 좋은 무드를 완성할
수 있었다. 부담 없이 편하게 쓸 수 있는,
그런 주방이면 충분하니까.

힘을 뺀 단정한 주방은
여백 속의 미감을,
간결함 속의 따스함을,
느낄 수 있다

Living room

거실

휴식, 교류 공간

Kitchen

주방

식재료 보관, 조리 공간

Veranda

베란다

텃밭, 야외 활동
확장된 휴식 공간

공간별

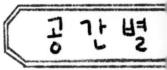

Work room

작업실

집중, 창작 공간

Dress room

옷방

정리 수납, 파우더룸

서재

독서, 책 보관

Bedroom

침실

수면, 명상, 휴식공간

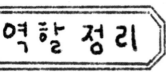

역할 정리

현관

외출준비, 신발 보관

욕실

목욕, 릴렉스 공간

다이닝

식사, 소셜 다이닝 공간

Chapter 4.
돌보기

롤모델은 타샤할머니

타샤 튜더를 먼저 안 건 남편이었다. 남편은 웰시코기를 유난히 좋아한다. 예전에 두 마리를 키운 적이 있어서인지, 원래도 강아지를 좋아하지만 웰시코기에 대한 애정은 남달랐다. 그런 그가 몇 년 전, 웰시코기를 키우는 삽화가 '타샤 튜더'를 소개해 주었다. 그리고 나는 곧바로 이 미국 할머니의 팬이 되었다. 타샤 튜더의 삶을 다룬 영화를 보기 위해 일부러 시간을 내 명동 씨네라이브러리까지 찾아갔고, 그녀의 책도 하나둘씩 모으기 시작했다. 그렇게 삽화 작품뿐만 아니라 그녀의 살림 방식, 인생관까지도 좋아하게 되었다.

그녀의 그림에는 그 삶이 고스란히 녹여져 있다. 골동품 의류와 장신구가 가득한 옷장, 19세기 초의 조리기구들이 걸려 있는 주방, 창밖으로는 웰시코기들이 뛰어다니는 미국 북부의 풍경이 펼쳐진다.

나는 집안일을 정할 때 종종 이런 생각을 한다.

'타샤 할머니라면 어떻게 했을까?'

타샤 튜더는 1915년에 태어났지만, 1830년대의 빈티지 라이프를 동경했다고 한다. 자연의 섭리대로 식물들을 키웠고, 시골 목장처럼 동물들을 길렀다. 예스러운 옷을 입고, 구식 스토브로 요리하는 삶을 살아갔다. 그야말로 빈티지 라이프의 교과서 같은 삶이었다.

그녀를 둘러싼 많은 것들은 역사가 깃든 낡고 오래된 것이었다. 낡은 헛간, 오래된 도구, 고풍스러운 옷. 그리고 그녀와 같은 친구들을 불러, 이 모든 것들을 함께 즐겼다.

내가 집 근처에 작은 작업실을 가졌을 때, 처음에는 '코티지 하우스'로 부르다, 결국 '타샤의 방'이라는 이름으로 정한 이유도 그녀를 닮고 싶어서였다.

그곳에서 하루는 타샤 할머니를 닮은 삶을 살아가려고 했다. 오전에는 적막함을 즐기며, 작업을 시작한다. 낮에는 북적이는 거리 속 나만의 안식처가 되고, 해 질 무렵에는 사람들을 불러 모임을 열기도 한다. 그리고 밤이 되면 온전히 몰입의 공간이 된다.

고요하고 아름다운 공간을 만들고 싶어 하는 나에게, 그리고 진짜 나다운 삶을 살고 싶어 하는 나에게 있어 그녀의 삶은 영감의 지침서처럼 다가온다.

정신없이 돌아가는 이 세상 속에서 그녀가 멋지다고 느껴지는 이유는 단순하다. 타샤는 죽을 때까지 자신이 원하는 삶을 정확히 알고, 그것을 실천하며 살았다. 누군가에게 보여주기 위해서가 아니라, 오직 자신이 좋아하는 삶을 위해. 진정한 빈티지 라이프란 그런 것이 아닐까.

157

생각이 머무는 공간

100년 전 버지니아 울프의 방을 상상해 본다. 삐걱거리는 낡은 나무 바닥, 여기저기 흩어져있는 종이들, 너무 많이 앉아 푹 꺼져버린 1인용 소파. 그리고 구석에는 마호가니 뷰로가 자리 잡고 있다. 뷰로의 뚜껑은 항상 열려있다. 정돈되지 않은 방의 모습이지만 그녀는 이곳에서 사색하고 글을 쓴다.

100년 후, 한국의 어느 독자가 영국 앤티크 뷰로 앞에 앉아, 울프의 책을 읽고 있다. 1925년, 영국에서는 한정적으로 글을 읽고 쓸 수 있는 자유를 누렸지만, 2025년에는 누구나 글을 읽고 쓴다. 100년 전 버지니아 울프의 시선과 생각이 나를 또다시 사유하게 만든다.

159

우리 집 거실에 한쪽에는 100년 된 마호가니 앤티크 뷰로가 자리 잡고 있다. 이 오래된 가구가 어떤 역사를 가지고 이곳까지 흘러들어온 지는 모르겠지만, 한국의 구옥 거실에도 제법 잘 어울려주고 있다. 한껏 뽐을 내는 큰 가구들과는 다르게 수줍은 듯 조용히 자리를 잡고는, 아름다운 마호가니의 나뭇결무늬를 비춰주고 있다. 뷰로는 우리 집 분위기를 담당하고 있다. 그냥 놓여있는 것만으로도 특별한 공기를 만들어준다.

육면체의 도형을 45도 각도로 비스듬히 잘라놓은 독특한 모양의 이 가구는 오직 그것만이 가지고 있는 디자인 자체로 사람들에게 '뷰로'라고 인식시킨다. 세모난 뷰로의 뚜껑을 펼치면 그것이 상판이 되면서 비로소 'ㄴ'자 모양의 책상이 완성된다. 나무 냄새가 난다. 부지런히 오일로 닦아 길들인 수확이다. 이런 수고로움이 시간이 지남에 따라 멋스러운 손때까지 묻으면 100년 가구는 더 찬란해진다.

뷰로의 뚜껑 밑으로는 세 개의 서랍이 있다. 3단 서랍은 감사하게도 모두 잠금장치가 있어 내부를 감출 수 있는 제법 진귀한 녀석이다. 서랍에는 책부터 종이 서류들, 문구들, 전자기기의 충전선까지 가득 감춰두었다.

뷰로는 유럽의 옛날식 책상이다. '책상'이란 물건 자체가 문맹률 높은 그 옛날에는 특권을 가진 사람만이 사용할 수 있는 고급 가구였다. 게다가 여성이라면 아무리 고귀한 신분일지라도 글을 읽고 쓸 수 있는 자유를 누리지 못한 경우가 많았다. 운 좋게 21세기에 살고 있는 나는 100년 전 영국의 어느 작가처럼 여기서 사색하며 글을 쓴다.

때때로 기분이 울적할 때 사색하기보다는 뷰로에 마주 앉아 스스로의 감정을 온전히 적어보기도 한다. 갑자기 피어오르는 감정 기복에 대한 즉각적인 처방법인 것이다. 지금의 감정은 어떤지... 왜 이런 감정이 생긴 것 같은지... 그 어떤 가면도 쓰지 않고 솔직하게 그냥 나의 감정을 기록하면서 생각을 인지하고 정리해 가는 것이다. 사색이라는 명목하에 부정적인 생각이 멈추지 않을 때가 종종 있다. 그럴 땐 차라리 감정과 생각을 쏟아내며 기록해 가는 것이 오히려 마음을 평안히 다스릴 수 있다. 굳이 스스로에게 해결책을 물어보지 않아도 된다. 때로는 키보드를 두드리고, 때로는 펜을 든 손으로 종이를 꾹꾹 눌러 담아본다. 기록한 것들은 두 번 다시 되돌아보지 않아도 된다. 나의 생각이 잠시 그곳에 머물기만 하면 되니까.

뷰로 앞에 자리를 잡고 앉으면 상판 나무 위에는 가죽을 덧댄 상판이 보인다. 100년 전 영국의 작가가 쓰던 만년필 자국이 고스란히 남아있다. 스크래치를 보면 이 뷰로의 오래된 역사를 알 수 있다. 버지니아 울프가 그랬듯이 흐트러진 종이 위에 만년필을 묻혀 손끝에 닿는 감각을 느껴본다. 100년 전 영국의 예술가처럼.

식물과 함께 자라는 집

감사하게도 나에게는 식물을 죽이지 않고 키워내는 잔재주가 있는 듯하다.

가끔씩 창을 열거나 선풍기로 바람 쐬워주기
흙 표면이 말라있으면 물 주기
가지가 너무 많아지면 눈대중으로 가지치기

이 세 가지만 지켜주면, 넘치는 애정을 주지 않아도 식물들은 잘 자랐다. 손으로 흙을 만지고, 마른 잎을 떼어내고, 빛이 잘 드는 곳으로 옮겨줄 때마다 내 삶도 함께 돌보는 기분이 들었다. 새 잎이 돋아날 때면 묘한 설렘이 차올랐다. 그렇게 하나둘 늘어난 작은 화분들은 어느새 집 안 곳곳을 차지했고, 내 일상 속 한 부분이 되었다.

우리 집 정원은 마당도, 베란다도 아니다. 거실 창가, 책장 위, 주방 한쪽 구석까지 시선을 두는 곳마다 흩어진 초록빛 친구들이 이 정원의 주인이다. 집이라는 공간이 살아 숨 쉬는 듯한 기분이 드는 것은, 이 식물들이 곳곳에서 함께 자라고 있기 때문일 것이다.

필로덴드론 멜라노크리섬

필로덴드론 멜라노크리섬은 벨벳처럼 보드랍고 커다란 잎이 매력적인 식물이다. 넓은 잎사귀의 형태나 색감이 우아하다. 식물대를 하지 않으면 줄기가 무한히 구불거리며 자란다. 깊고 짙은 초록빛 잎이 흐르는 듯 뻗어나간다. 거실과 침실 한편에 자리하지만, 존재감은 집 전체를 채운다. 복잡한 생각들이 얽힐 때 잎을 따라 시선을 움직이면, 일상의 분주함이 잠시 멈춘다.

몬스테라

몬스테라는 그 이름처럼 강인한 생명력을 지닌 식물
이다. 크게 갈라진 잎사귀와 넓게 펼쳐진 실루엣은 자
유로우면서도 강렬한 인상을 남긴다.

집 안 곳곳에 둔 몬스테라는 공간을 든든하게 잡아주
고, 생동감 있는 분위기를 만들어준다. 햇살이 잎을
타고 들어오는 순간, 집 안 전체가 싱그러
워지는 기분이다. 어느 공간에 두어
도 조화롭게 녹아들며, 공
간을 살아 숨 쉬게 만든
다. 흔한 식물이 되었
지만, 여전히 내 눈
에는 질리지 않
는 존재다.

스파티필름

스파티필름은 실내 공기를 깨끗하게 해 줄 뿐만 아니라, 하얀 꽃을 피우며 공간에 우아함을 더한다.

나는 침실과 식탁 위에서 수경 재배로 키운다. 다른 식물들이 초록빛으로 공간을 채운다면, 스파티필름은 흰 꽃잎으로 조용한 균형을 잡아준다. 침실에서는 맑은 공기를 머금고 편안한 분위기를 만들고, 식탁 위에서는 꽃 한 송이가 공간을 은은하게 밝혀준다.

수경재배만으로도 무한 확장하는 생명력 덕분인지, 공기 속 보이지 않는 숨결처럼 공간을 정돈된 차분함으로 채워준다.

베고니아 마큘라타

베고니아 마큘라타는 독특한 매력을 가진 식물이다.
은빛 점들이 박힌 초록의 잎을 보자마자 사랑에 빠져
서 데려온 식물이다.

길게 뻗은 잎의 실루엣, 잎사귀 뒷면을 감싸는 붉은
색감. 앞뒤로 다른 표정
을 가진 이 오묘한 식
물은 다른 식물들과
있을 때 더 신비롭
게 존재감을
발휘하는
듯하다.

립살리스 부사완

립살리스 부사완은 공간을
가장 유기적으로 변화시키
는 식물이다. 선인장류이지
만 가시가 없고, 길게 늘
어진 줄기는 공간을 자
유롭게 가로지르며 흘러
내린다.

책장 위나 벽에 걸어두면, 공간이 조금 더 입체적으
로 보인다. 늘어진 줄기들은 공간이 자연스럽게 연결
되고 확장되는 듯한 느낌을 준다. 잎사귀도 때깔 좋게
반짝여서 더 싱그럽다. 특히 침실에 걸어둔 립살리스
는 중간중간 시선을 위로 들어 올리면, 초록빛 물결처
럼 보이기도 한다.

스킨답서스

스킨답서스는 손쉽게 키울 수 있어서
더 고마운 식물이다. 덩굴처
럼 길게 뻗어나가는 성질 덕
분에 책장 위에서 자연스럽게
늘어뜨리거나, 선반이나 높은 곳
에 두고 키운다.

잎사귀는 은은한 광택을 띠고 있어서, 시각적으로
도 매력적이다. 어디에 두어도 공간을 부담스럽
지 않게 이어준다.

식물을 가까이하게 된 건 오랜 1인 가구 생활을 하면서부터였다. 처음에는 집들이 선물이나 인테리어 소품으로 들여놓았지만, 시간이 흐를수록 그 존재감은 점점 더 커졌다. 집 안에 나 외에 살아 있는 무언가가 있다는 사실만으로도 이상하게 위안이 되었다. 말도, 움직임도 없지만, 감정적 교감은 충분히 가능했다. 오랜 시간 집을 비울 때는 마음 한구석이 어쩐지 불안하고, 미안한 감정이 들 정도였으니까.

각각의 식물이 놓인 자리마다 그 식물이 주는 독특한 에너지가 있다. 필로덴드론 멜라노크리섬은 고요함을, 몬스테라는 생명력을, 베고니아 마큘라타는 환상을, 립살리스 부사완은 자유로움을, 스파티필름은 정화를, 스킨답서스는 싱그러움을 가지고 있다. 이 에너지들이 모여 집 전체의 힘을 가지는 것 같다.

식물이 주는 감정적인 의미는 어쩌면 '함께 자람'에 있지 않을까. 내가 그들에게 손길을 줄 때, 그들도 내 곁에서 조용히 자라며 공간에 생기를 불어넣어 주니까.

1. Celkový vzhled

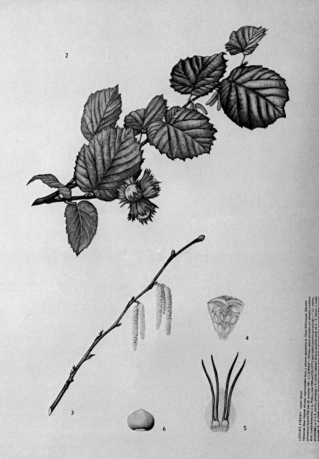

UČEBNÉ STŘEDNÍ – vyšší odbory
Výtvarnice Díla kreslíř Anna úspěšně...
kresmeniva Rada ČM dne 22. prosince 1981 č. j. 22-89467 × 300 čísla vydaní povolena pro přírodní a svazová
prakt. jako pomůcka příslušenství k výučbě nauka k přírodě... číselná povolení k chránění 21. 5. 1982 č. j.
prostředí... odborné příčinné ... s výukou odborně ... nadnárodní... hospod. roste č. 1-6. poviná č. nuž. a
řemeslo... hospod. kvalit. nalezl... odborné řemeslo nauka 50 × 100 dK. Vydání "1 hmotnost, cena cena 6,50 Kčs.

LÍSKA OBECNÁ

Olistěná větev s nezralými plody.   3. Bezlistá větev s listovými pupeny, kvetoucími samčími jehnědami
a pupenovitým samičím květenstvím.   4. Podpůrná šupina se samčím květem o čtyřech tyčinkách.
5. Podpůrná šupina se dvěma samičími květy.   6. Zralý oříšek.

하루를 채우는 세 잔의 차

아침 일곱 시.

새로운 하루가 시작되는 시간이다. 작은 습관을 만들고 싶어 매일 아침 따뜻한 차를 끓여 마시며 기록을 시작했다. 호지차를 우려내고 책상 앞에 앉는다.

일본에서 처음 호지차를 마셨을 때, 한 모금만으로도 온몸이 따뜻해지는 기분이었다. 예상외로 깊고 고소한 향이 마음을 사로잡았다. 따뜻한 찻잔을 두 손에 감싸 쥐고, 찻잎이 우러나는 그 짧은 순간을 바라본다. 하루를 시작하기 전에 나를 정돈하는 시간이다.

오후 한 시.

점심을 먹고 나면 졸음이 몰려오
는 시간. 자연스럽게 커피를 찾
는다. 스탠리 보틀에 얼음을 가
득 채우고, 캡슐 커피 머신에서
갓 추출한 에스프레소를 따른다.
진한 커피 향이 퍼지는 순간, 차
가운 물을 더해 한 모금 들이킨다.

사실 커피는 내게 치열한 삶을 버티기 위한 도구였다.
과제 마감에 쫓기며, 피로를 잊기 위해, 억지로 마시
던 것이었다. 하지만 한 커피 브랜드의 설계 프로젝트
에 참여하면서 커피를 제대로 공부하기 시작했다. 그
렇게 커피는 내게 오랜 친구가 되었다. 이제는 카페인
을 피해야 할 땐 디카페인이라도 챙겨 마실 만큼 커
피를 사랑하게 되었다. 한낮의 나른함을 깨우는 한 잔
의 아이스 아메리카노가 얼마나 소중한지 알게 된 어
른이 되어버렸다.

오후 세 시.

남편과 크림티 타임을 갖는다. 얼그레이 티백을 꺼내
원하는 농도로 우려낸다. 진하면 진한 대로, 연하면
연한 대로 그날의 분위기에 맞춰 마신다. 찻잔도 여러
개 있지만, 결국 손이 가는 것은 정해져 있다. 로열 칼
돈의 빈티지 찻잔 트리오, 웨지우드의 퀸즈웨어 크림
색 데미타스잔. 스콘과 클로티드 크림이 없어도 괜찮
다. 오늘은 동네 단골 디저트 가게에서 사 온 페이스
트리를 곁들인다.

손끝으로 찻잔의 따뜻함을 느낀다. 매일 함께하는 우
리는 여전히 할 이야기가 많다. 차를 마시며 나누는
대화 속에서 서로를 더 깊이 이해하고, 한결 더 가
까워진다. 이 순간이야말로 우리의 작은 살롱이다.

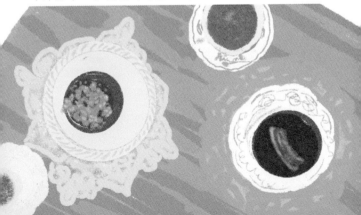

아침엔 따뜻한 호지차 한 잔, 오후엔 나른함을 깨우는 커피 한 잔, 그리고 대화를 나눌 때면 홍차 한 잔. 나에 게는 이 세 잔의 차로 하루를 채우고, 리듬을 만들고, 마음을 다듬는 작은 의식이 되었다. 그저 하루를 흘려보내는 것이 아니라, 매 순간을 조금씩 더 의미 있게 쌓아가는 과정. 오늘도 나는 이 세 잔의 차로 나만의 하루를 완성한다.

앤티크 가구 길들이기

처음에는 모던한 디자이너 가구에 끌렸다. 임스 체어나 알토 스툴 같은 미드센추리 스타일이 더 세련되어 보였으니까. 그런데 엄마가 앤티크 숍을 운영하면서 자연스럽게 관심이 옮겨갔다. 처음 본 앤티크 가구들은 너무 화려하고, 어딘가 촌스럽게 느껴졌다. 하지만 시간이 지나면서 조금씩 눈이 바뀌었다. 덜 화려한 디자인을 고르다 보니 어느새 소박한 영국 앤티크 가구에 마음이 갔다. 엄마에게 물려받기도 하고, 직접 골라 들이기도 하면서 집 안에 하나둘씩 채워 나갔다.

앤티크 가구는 세월을 견딘 만큼 손이 많이 간다. 한 번은 뷰로 위에 화분을 올려뒀다가 물이 스며드는 바람에 낭패를 본 적이 있다. 그런 식으로 실수를 겪으며 배워 나갔다. 나무는 온도와 습도의 영향을 많이 받기 때문에 신경 써야 할 것이 많다. 표면이 거칠어지거나 색이 변했다면, 삐걱거리는 소리가 들리기 시작했다면 손볼 때가 된 것이다. 나는 주로 세정과 광택이 동시에 되는 제품을 사용해 마른 수건에 묻혀 닦아준다. 더 큰 손질이 필요할 때 사포로 표면을 정리하고, 우드 스테인으로 색을 입힌다. 오래된 나무라도 어떻게 다듬느냐에 따라 다시 깨끗하게 살아난다. 손질을 마친 가구에선 나무 고유의 냄새가 은은하게 퍼진다. 마치 가구의 시간이 되돌려진 것 같은 순간이다.

빅토리안 드레서
W1250 X D450 X H1280

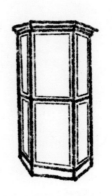

월넛 유리 진열장
W820 X D420 X H1830

월넛 웨이브 네스트
W510 X D460 X H560

인레이드 콘솔
W1220 X D330 X H1000

My Antique Furniture List

마호가니 3단 뷰로
W 750 X D 420 X H 1040

마호가니 게이트렉
W 1150 X D 500 X H 720

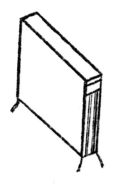

마호가니 드롭 테이블
W 700 X D 980 X H 710

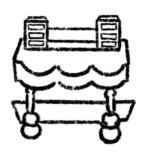

빅토리아 월넛 데스크
W 1220 X D 550 X H 1020

주방에는 빅토리안 드레서가 자리하고 있다. 원래는 접시와 잔을 정리하는 용도로 쓰였지만, 지금은 다양한 주방 가전까지 올려두고 활용하고 있다.

거실에는 월넛 유리 진열장이 있다. 따뜻한 색감의 월넛 원목과 유리문이 조화를 이루어, 앤티크 식기 보관하기에 좋다.

책상으로 쓰고 있는 마호가니 3단 뷰로와, 식탁으로 사용하는 게이트렉 3단 테이블, 마호가니 드롭 테이블은 접었다 펼 수 있는 디자인 덕분에 공간 활용도가 높다. 월넛 웨이브 네스트 테이블도 크기가 다른 테이블이 여러 개 겹쳐져 있는 형태라, 여기저기 꺼내 쓰기 좋은 아이템이다.

인레이드 콘솔은 현관에, 빅토리아 월넛 데스크는 작업실에 두었다. 클래식한 디자인이 공간을 한층 더 고풍스럽게 만들어 주었다.

누군가는 군이 그렇게까지 관리해야 하느냐고 묻기도 한다. 요즘은 저렴한 가구가 넘쳐나는 시대니까. 하지만, 이렇게까지 신경을 쓰니까 더 애착이 생긴다. 이 가구에 담긴 추억도, 앞으로 새롭게 쌓일 기억도 모두 한데 뒤섞일 테니까. 가끔 앤티크 가구를 만지다 보면 19세기쯤 이 가구를 사용했던 사람들을 떠올리게 된다. 손때가 묻고 시간이 더해진 가구는 또다시 근사하게 제 역할을 해낼 것이다. 시간을 견딘 나무가 주는 묵직한 따뜻함. 그리고 그걸 내 손으로 돌봐줄 때, 비로소 내 삶의 일부가 된다.

엄마의 축음기

어린 시절, 누구의 집을 방문하든 커다란 전축이 놓여 있었다. 우리 집에도 금빛이 감도는 큼지막한 전축이 거실 한쪽에 자리 잡고 있었다.

처음 전축을 들였을 때, 가족 모두 신이 나서 CD와 카세트테이프를 모았다. 반복해서 듣고 또 들었다. 요즘처럼 가전제품이 넘쳐나는 시대에는, 산 후에 제대로 사용하지 않는 물건들이 많다. 하지만 그때는 새로운 기기를 들이면 자연스레 그것을 즐기는 취미가 생겼다. 어쩌면 당시엔 즐길거리가 많지 않았기에, 새로운 가전 하나로도 삶의 소소한 재미를 찾을 수 있었던 것인지도 모른다.

LP 레코드를 처음 접한 건 훨씬 나중의 일이었다. 어느 날 엄마가 축음기를 사 왔다. 앤티크한 감성이 마음에 든다며, 거실과 안방을 오가며 배치를 고민했다. 나도 엄마 옆에서 바늘을 올리고 내리는 법을 배웠다. 하지만 엄마의 흥미는 오래가지 않았다.

대신 그 매력에 빠지게 된 건 나였다. 어느새 빈티지 LP 레코드를 모으기 시작한 것이다. 명동 회현지하상가에 가서, 목욕탕 의자에 쭈그리고 앉아 몇 시간씩 낡은 레코드들을 뒤졌다. 주인 할아버지의 이야기를 듣는 것도, 먼지 쌓인 음반을 손끝으로 훑는 것도 즐거웠다. 일본에서 온 레코드, 정체불명의 해적판, 내가 태어나기도 전에 만들어진 오래된 음반들. 덕분에 클래식, 오페라, 올드팝까지 장르를 가리지 않고 듣게 되었다. 때로는 레코드 상태가 좋지 않아도, 커버 디자인에 끌려 충동적으로 구매하기도 했다. 어린 왕자 그림이 예뻐서 샀던 레코드에서 불어판 어린 왕자 오디오북이 흘러나왔을 때는 너무 좋아서 소리를 지르기도 했다. 빈티지 레코드는 역시 발견하는 재미다!

독립하면서 자연스럽게 축음기도 함께 가지고 나왔다. 내가 달라고 하지 않아도, 이미 그것은 내 것이 되어 있었고, 누구도 이상하게 생각하지 않았다. 가끔 먼지를 털어내고, 조심스럽게 바늘을 올린다. 치지직... 바늘이 레코드를 스칠 때 나는 이 잡음이 좋다. 레코드가 녹음되던 과거와 연결되는 듯한 기분이 든다.

구한말, 처음 축음기가 우리나라에 들어왔을 때 사람들은 그 속에 작은 인간이 들어가 노래를 부른다고 믿었다고 한다. 그런 이야기를 들으면, 이 아날로그 잡음조차 시간 여행의 고리처럼 느껴진다. 요즘은 '바이닐'과 '턴테이블'이라는 세련된 이름으로 불리지만, 내가 가진 엄마의 축음기는 그냥 '축음기'라고 부르고 싶다. 그리고 그 위에 올려두는 음반도 역시 빈티지 LP 레코드라고 불러야 할 것 같다. 세월이 흘러도 계속...

리폼 & 리노베이션

빈티지 가구나 소품을 직접
리폼 하거나 DIY 하기

손편지 쓰기 ✉
안부편지 쓰는 감성표현시

티파티 즐기기 ☕
앤티크 찻잔과 함께하는
우아한 티타임 즐기기

빈티지홈

다이어리 꾸미기 ☐
손글씨와 콜라쥬로 꾸미는
나만의 감성 다이어리

식물 키우기 🌱
집안에서 작은 정원을 만들거나
빈티지 화분에 식물 키우기

레트로 아트
빈티지 포스터를 레트로풍
그림으로 벽을 꾸미기

취미 인덱스

바닐라진 & 린슈
페어링에 재주를 뽐내나 빈티지 원단으로 반느질하기

홍 카페
직접 내린 커피와 홈메이드 디저트로 즐기는 홈카페

아날로그 사진 촬영
필름 카메라나 폴라로이드로 감성적인 순간을 기록

캔들 만들기
천연 소재로 만든 향초로 따뜻한 공간 만들기

스타일 룩북 만들기
나만의 빈티지 스타일 룩북 꾸미기

빈티지 아이템 수집
LP 레코드, 의류, 가구, 소품, 오브제... 수집

Epilogue

당신의 삶에
빈티지 한 조각

길고 긴 인생에서 누구나 몇 번의 전환점을 맞이하는데, 내게는 빈티지를 알기 전과 후가 그 기준이 되었다. 한국으로 귀국하면서 시작된 변화는 아주 서서히, 그러나 확실하게 진행되었다.

귀국 후 한동안 미니멀 라이프에 지나치게 몰두했던 적이 있다. 뭔가를 버리지 않으면 안 될 것만 같았고, 여전히 물건이 너무 많다는 생각에 초조해졌다. 그러다 문득 의문이 들었다. 미니멀해지겠다는 의욕이 앞서, 정말 쓸모 있는 것까지 버리고 있는 건 아닐까? 그렇게 버려지는 물건들이 정말 불필요한 것일까? 이 질문을 떠올린 순간, 나는 미니멀 라이프의 강박에서 벗어났다. 그리고 그 자리에는 '빈티지 라이프'가 들어섰다.

내가 선택한 빈티지 라이프는 단순히 오래된 물건을 소유하는 것이 아니다. 가진 것을 소중히 여기고, 시간이 깃든 것에 가치를 두는 삶이다. 누군가는 말한다. 지구가 이제 한계에 다다랐다고. 우리는 이미 넘쳐나는 물건들 속에서 살고 있는데, 여전히 새로운 것들을 끊임없이 만들어내고 있다. 하지만 새로운 것을 생산하는 대신, 이미 존재하는 것들을 순환시키는 삶을 선택할 수도 있다. 지속 가능성을 이야기하는 시대, 빈티지 라이프는 그 대안이 될 수도 있겠다고 생각했다.

빈티지 라이프는 어렵지 않다. 오래된 물건을 천천히 들여다보고, 그것이 품고 있는 시간과 이야기를 발견하는 것. 그렇게 나만의 빈티지 라이프를 만들어가면 된다. 드라마틱한 변화가 아니어도 괜찮다. 천천히, 느긋하게 시작해 보는 것이다.

Living in a Vintage Home
빈티지 홈 살아가기

초판 발행일 2025년 4월 7일

글 그림 이승현
펴낸곳 공간수집가
등록 ISBN 979-11-992092-0-6(02810)
값 18,000원

이메일 almost_s@naver.com
인스타그램 instagram.com/btqatq/
블로그 blog.naver.com/spacecollector